光文社文庫

断罪
悪は夏の底に

石川智健

KOBUNSHA

光　文　社

目次

第一章　割り屋

1

世の中に〝絶対〟というものはあるのだろうか。

子供の頃、サンタクロースが本当にプレゼントを届けてくれているのだと思っていた。

また、大人という存在は間違いを起こすことはないと考えていた。

絶対に間違いないと信じていたものは大抵、視野が広がるにつれ真実を露呈し、確実なものではないと分かってくる。

警察官という職業を選び、警視庁捜査一課の刑事になった青山陽介《あおやまようすけ》は、三十五歳になった今では、正義と悪の基準すらも漠然としていると実感していた。人間の汚い部分を見すぎてきたものの、絶対的な悪は存在しない。同様に、絶対的な正義もない。

正義と悪は相対的なものにすぎず、立場によって逆転してもおかしくはない。

そもそも、物事というのは曖昧模糊《あいまいもこ》としたものなのだ。

――ただし、例外はある。

日々嚙《か》みしめていること。

刑事にとって、検事は絶対に近い存在であり、絶対として扱わなければならない存在。

検事はシロをクロと言ってもいいし、刑事はクロをシロと判断されても口答えはできない。

容疑者を起訴する権限は警察官にはなく、検事の判断に一任される。苦労して容疑者を確保し、証拠を揃えても、起訴されないケースだって一度や二度ではなかった。

「なにかあったんですか。浮かない顔ですね」

不意に声をかけられた青山は、目を瞬《しばたた》かせてから組んでいる両腕を解《ほど》き、缶コーヒーを手にした。

覗《のぞ》き込《こ》むように顔を近づけてきたのは、所轄の刑事である宮下杏《みやしたあんず》だった。髪を短く切っている宮下は、後ろ姿だけなら小柄な男にも見える。狐とか猫に似た顔で、年齢は三十代前半くらいだろうか。聞いたわけではないが、青山よりも年下なのは間違いない。三年目の刑事にしては目つきが鋭く、厳しさが備わっている。これなら容疑者などに舐《な》められたりはしないだろう。

捜査本部が設置された部屋が暑いからか、宮下の耳が赤くなっていた。

壁に埋め込まれているエアコンのリモコンの隣に〝節電にご協力ください。27度厳守〟という貼り紙があった。青山は、それを恨めしそうに見る。外よりはまだマシだが、半袖のワイシャツすら煩《わずら》わしい暑さだった。まだ七月に入ったばかりだ。夏本番にはどうなってしまうのだろう。

「気分が乗らないですか」

再び声をかけられた。

「……まぁな」

肩をすくめて返答する。続けて理由を言おうとしたが、宮下の顔を見て口を閉じる。

どうやら、宮下も同じ思いらしい。

「やっぱり、川岸《かわぎし》が犯人というのは納得できない」

その言葉に対し、宮下は同意するように頷《うなず》いた。

三日前。

墨田《すみだ》区の錦糸町《きんしちょう》で殺人事件が起きた。ＪＲ総武線《そうぶせん》の錦糸町駅から徒歩で十分ほどの場所にある一戸建てが現場で、殺されたのは住人の戸塚祐介《とつかゆうすけ》。五十歳。

監察医の話では、ハンマーで左側頭部を後ろから殴られて即死。凶器は戸塚の家にあったもので、指紋は拭《ふ》き取られていて検出されていなかった。ご丁寧に、洗剤で洗われていたらしい。

他殺体なのは間違いなかった。

本所《ほんじょ》警察署に捜査本部が設置され、捜査が開始されることとなったが、事件発覚から一日経った一昨日、容疑者が浮上した。

そこまでは良かった。しかし、問題が発生した。

事件当日、戸塚の元を訪れたと確認されたのは二人で、四十歳の森田幸三《もりたこうぞう》と、五十四歳の川岸昭雄《あきお》の可能性が高いと判断された。戸塚は自宅から五分ほどの場所にある雑居ビルの四階で喫茶店を経営していたが、違法行為である競馬のノミ行為を密《ひそ》かに行っていたらしい。容疑者の一人である森田は、そこの客だった。

ノミ行為とは、馬券購入を代行することを指すが、金を受け取った側は基本的に馬券を買わず、自分の懐に入れる。もちろん、購入した馬券が当たれば配当を出すが、戸塚は、一割増で払い戻していた。日本中央競馬会などの主催者と違って、ノミ屋は経費がかかっていないので正規の配当以上の支払いができるという仕組みだ。

また、戸塚の店では、直線レース以外は先頭の馬が一コーナーに差しかかるまで馬券購入を受け付けており、そのサービスが当たって、それなりに繁盛していたらしい。ただ、3連単などの高額配当になる確率の高いものは買えないようにしており、配当の上限は百倍までだったようだ。

これまで捜査本部で収集した情報によれば、戸塚はノミ行為のほかにも、私的に金貸しもやっていたらしく、森田はノミ行為でのツケが三十万円あった。また、川岸は百二十万円もの借金をしていたらしい。もちろん、戸塚は貸金業者の登録をしていない。無許可営業で金を貸して利息を取るのは違法行為だ。

現時点で戸塚の背後に暴力団の影はない。ただ、かなり金に汚かったらしく、暴力団のほうがまだ良心的だと毒づく人間もいた。

戸塚の家の近くの電柱に設置してある防犯カメラの映像では、十九時に森田らしき人物が戸塚の家の門の中に入っていき、二十分ほどで出てきた。そして、二十時に川岸に似たマスク姿の男が訪問している。死亡推定時刻から見ても、どちらが犯人であってもおかしくはない。

この状況から、捜査本部では森田が訪問した際には戸塚は生きており、川岸が殺したという見立てをした。森田が殺人犯ならば、川岸が会いに行った時点で戸塚は遺体になっており、通報しないのは変だというのが主な理由だった。反対に、それ以外の根拠はなかった。家からは、二人の指紋が検出されているが、過去に金を借りに行った際に付いたものだとそれぞれが言っていた。また、二人とも当日は戸塚の家に行っていないとしらを切っている。防犯カメラの映像を突きつけても、画質が粗かったため、主張を曲げなかった。

共犯説を唱える捜査員もいたが、二人が懇意《こんい》にしているという情報はないため、捜査方針を変えるまでには至っていない。戸塚の喫茶店で馬券を買っていたのは森田のみで、川岸は金を借りていただけだった。

時系列だけを見れば、川岸犯人説は妥当ではあった。

しかし、問題もあった。

戸塚は頭部をハンマーで後ろから殴られて殺されていたのだが、陥没《かんぼつ》の具合から、左から右に振り下ろされたと断定されている。力を込めて上から下に振り下ろした場合、右利きの場合は左側に流れ、左利きの場合は右側に流れる。

今回の遺体を見れば、犯人は左利きの可能性が非常に高い。

川岸は右利きで、遺体の傷とは合致しない。

反対に、森田は左利きだった。

時系列から考えれば、川岸犯人説が濃厚で、遺体の状況から見れば森田犯人説の可能性が高くなる。

「この事件、思ったよりも面倒になりそうですね」

宮下がため息交じりに言う。

面倒どころではないと青山は思った。

犯人が森田なのか川岸なのか以前に、二人が戸塚の家に出入りしたのかも怪しい状況なのだ。

戸塚の家は外部からの侵入を異様に警戒したような造りをしており、正面玄関以外から入るのは難しく、窓を壊すなどといった侵入の形跡も見つかっていなかった。

問題となっているのは、防犯カメラの映像だった。

戸塚家の正面玄関から三十メートル離れた場所の電柱にある防犯カメラは、自治体が設置したもので、年数が古く、画質も悪かった。

戸塚が自宅に戻っていく姿が映っていたのは、まだ外が明るい十八時で、その姿を認識することができたが、十九時に映っている人物と、二十時に映っている人物は光が足りないので解像度が低く、個人の識別が困難だった。

森田と川岸が捜査線上に浮上したのは、戸塚の家から少し離れた場所に設置してあった防犯カメラの映像と、進行方向から推量したものであり、そこから戸塚の家まで一本道というわけではない。ゆえに、戸塚の家には行っていないと主張しても不自然ではなかった。運悪く、防犯カメラは戸塚家の正面玄関付近を映した一台だけで、その周囲には設置されていなかった。

防犯カメラに映った二人の人物については、かろうじて男と分かる程度のものだった。森田と川岸に似ていると言えば似ているし、似ていないと言えば似ていない。しかも、二十時に映っている男は、マスクで口元を覆っていた。

二人とも事件当日に戸塚の家に行ったことを認めていないし、犯行を否定。それぞれが酔い醒《ざ》ましに散歩をして、駅に戻っていっただけだと主張。二人が戸塚の家近くの別々の居酒屋で飲んでいたのは、店員などの証言からウラが取れている。

酔い醒ましのための散歩。

捜査本部では、それを覆《くつがえ》す証拠を摑《つか》めていなかった。

二十時の人物が戸塚の家を出て以降、誰かが出入りした様子は映っていない。

第一発見者は、犯行の翌日の昼頃に訪問した家事代行の女性で、異臭がしたので不審に思いながら玄関の扉を開けたところ、戸塚の遺体を発見したらしい。正面の門をくぐった時間と通報時間の間隔に違和感はなかった。

熱帯夜で、戸塚が倒れていた廊下はエアコンの冷風の届かない場所だった。結果、遺体の腐敗が早く進み、腐臭が家の外に漏れていたのだ。

容疑者は二人浮上している。防犯カメラの映像を含めて、確固たる証拠のない状況だったものの、捜査本部は川岸犯人説で動いていた。

その最たる理由は一つ。

今回の事件の担当検事である稲城勇人《いなぎはやと》の存在だった。

四十歳の稲城は〝割り屋〟と評される剛腕で、検事に任官されてからは百パーセントの有罪率を誇っている。

そして、その稲城が川岸を犯人と断定し、捜査本部の面々はその主張を裏付ける証拠を探すために奔走していた。

「あんなに自信満々なら、自分で捜査してみろって言いたくなるよな……こっちの身にもなってくれよ」

愚痴《ぐち》を吐《は》く青山に、宮下は曖昧な笑みを浮かべ、同意も否定もしなかった。

青山は後頭部を掻《か》いて視線を外す。後ろ向きな発言をしたことを後悔した。

刑事と検事の役割の違いは、青山も重々承知している。

刑事の役目は、容疑者を逮捕して、その人物が犯人であるという証拠を揃えることだ。そして、検事は警察に対して補充捜査を指示したり、指揮を執《と》ったりしながら起訴するか不起訴にするかを判断し、起訴したからには裁判官に有罪判決を出させるよう尽力する。もちろん、検事も捜査や逮捕の権限を有している。

有罪にするのが検事の役割なので、有罪にできそうにない事件については不起訴になる。青山自身、苦労して捜査し、自白も取った事件を不起訴にされたこともあった。

検事は、勝てるものしか起訴しない。そのため、起訴率は全体で三十三パーセントほどになる。篩《ふるい》にかけることで、有罪の精度を上げる。それゆえの有罪率九十九パーセントなのだ。

ただし、〝割り屋〟と呼ばれる稲城は違う。

ほかの検事と比べて不起訴率が圧倒的に低いにも拘《かかわ》らず、有罪率百パーセントを保持していた。東京地方検察庁のような大所帯《おおじょたい》では、起訴までを担当する刑事部と、裁判所での法廷活動をする公判部に分かれている。二十四歳で検事に任官して以降、稲城は東京地方検察庁の公判部や刑事部を経て、近畿地方の地検に異動し、二年後に東京地方検察庁に戻り、現在は刑事部に所属している。公判部では、すべての裁判で有罪を勝ち取り、刑事部に配属されてからは、稲城が起訴した事件は漏れなく有罪になっていた。実に十六年間続いている記録である。

犯人は川岸だ。そう見立てをしたのが〝割り屋〟の稲城だった。

〝割り屋〟というのは、検察や警察の中で使われている隠語で、自白に追い込むプロのことを指す。ただ、稲城の場合、〝割り屋〟と言われる所以《ゆえん》はほかにもあるらしい。青山はよく知らなかったが、容疑者の額を割っただの、地方に赴任《ふにん》したときにパワハラで退職者を多く出し、その地域の検事の定員が割れただのといった噂もあるが、どれも信憑性《しんぴょうせい》に欠けるものだった。

稲城の主張は、戸塚の家に森田が訪問し、次に川岸が入っているということに尽きるようだ。

防犯カメラに映っている二人の男の顔が判別できるほどの画質ではないものの、森田と川岸と言われれば、背格好は似ているなというのが大方の意見だった。

ただ、それだけでは川岸の起訴は難しいので、本所警察署に設置された捜査本部の捜査員たちは血眼《ちまなこ》になって証拠を探している。

森田と川岸の取り調べは任意同行の段階で、捜査員数人が逃亡しないよう監視している状態だった。

「どうして稲城検事は、あれほど自信を持って川岸が犯人だと断定できるんでしょうか」

「俺に聞くなよ」

青山は返しつつ、宮下の疑問はもっともであり、青山自身も思っていることだった。物証もなく、自白もない状態で、どうして川岸が犯人だと言い切れるのか。

首を傾《かし》げている捜査員もいるが、表立って批判する者はいない。川岸が犯人ではないという根拠も、別の人間が犯人だと言える証拠もないのだ。

缶コーヒーを飲み終えた青山は立ち上がり、背伸びをする。

「とりあえず、引き続き足で稼《かせ》ぐしかなさそうだな」

先ほどまでやっていた朝の捜査会議では、新しい方針が打ち出されるわけでもなく、実のない報告が続いただけだった。

捜査一課の青山と、本所警察署刑事課の宮下はペアを組み、容疑者や被害者の関係筋を当たる鑑《かん》取《ど》りに割り振られていた。

「行くぞ」

短く言って歩き出す。宮下は黙って後ろからついてきた。


朝だというのに、息をするのも苦痛なほどの熱気だった。アスファルトがじりじりと音を立てている鉄板に見えた。

本所警察署から犯行現場までは歩いて行ける距離だった。錦糸町駅を左に見て、歩道橋を渡り、大型ショッピングセンターを越える。

道が細くなるにつれて、空気が淀《よど》んでいくような印象を受けた。駅前の活気とは違う、どこか胡乱《うろん》な空気が漂っている。

入り口を開け放した店が連なっており、店先にはプラスチック製の丸テーブルと椅子が置かれている。どれも汚れていた。

場外勝馬投票券発売所、すなわち場外馬券売り場のウインズ錦糸町が近くにあるからだろう。テレビで競馬中継の番組を流している店が密集しており、カップ酒やビールを飲みながら競馬新聞を見ている人が散見された。顔を赤らめた薄着の男たちが、なにかに浮かされたような熱っぽい目を青山たちに向けてきた。

店も清潔とは言いがたく、どこもかしこもノミ行為をしているように見える。すでにレースが始まっているのか、テレビからは馬の名前が次々と流れてくる。

その一帯を抜けて、ラブホテルが点在するエリアに向かう。殺された戸塚がノミ行為をしていた喫茶店は、ウインズから少し離れた場所にあった。

看板などが一切出ていない細長い雑居ビルに入る。

エレベーターに乗り込み、四階を押す。ほかの階はボタンの横に会社名などの表示があったが、四階だけは空白だった。新規の客を入れるつもりはないということだろう。このビルにふらりと入る人もいないだろうし、喫茶店があるとは決して思わないような外観。

四階に到着し、エレベーターを降りると、すぐに扉が現れた。

〝喫茶　オフコース〟。

木製のプレートが掛けられている。どうやら営業中のようだ。

取っ手を引くと、扉の上部に付いていた鈴が鳴る。

店内は、一応喫茶店と名乗れる造りをしていたが、そこここに雑誌やスポーツ紙、競馬新聞などが積まれており、雑然としていた。そして、煙草《タバコ》とアルコールの臭いがする。黄ばんだ壁や黒ずんだ床にこびりついているのだろう。

酒瓶の数もかなりのものだった。この店を利用していた森田に話を聞くと、喫茶店というのは名ばかりで、主に酒を提供しているらしかった。そして、収入源のほとんどが、ノミ行為によるもののようだ。

客の姿はなく、カウンターに一人の中年女性が立っているだけだった。髪の量が異様に多い女性は、鬣《たてがみ》のある雄のライオンに似ている。髪を金色に染めているのも一因だが、顔つきも肉食動物といって過言ではない。今日で会うのは二度目だった。そして、美紀《みき》という名前が不釣合いだと、青山は二度とも思った。

美紀は殺された戸塚の妹で、この店ができた五年前からずっとここを手伝っているようだが、ノミ行為については一切知らなかったと言っている。嘘に決まっているが、殺人事件に重きを置いている状態なので、賭博《とばく》罪や詐欺《さぎ》罪についての捜査は保留となっていた。

青山と宮下を見た美紀は、あからさまに嫌《いや》そうな顔をする。

「なんか用？」

敵意を剝《む》き出しにした口調だった。

「お兄さんである戸塚祐介さんの件です」

「そんなこと知ってるわよ！　それで、殺した奴は見つかったの？」

「いえ」

青山の隣にいる宮下が答える。美紀は舌打ちした。

「つたく。警察も無能だねぇ。早く犯人を捕まえてよ。そしたら、民事訴訟を起こして金をふんだくってやるから。だから、なるべく金持ちの犯人を捕まえてよね」

美紀は眉間《みけん》の皺《しわ》を深くする。実の兄が殺されたというのに、悲しむような素振《そぶ》りは一度も見せなかった。

美紀が犯人かもしれないと考えた捜査員もいたが、その線はすぐに否定された。事件当日、美紀は新宿区にあるエステサロンで三時間の施術を受けていたことが確認されている。移動の時間を考えれば、犯行時刻に居合わせることは不可能だった。共犯者の線も考えられたが、そこまでするほどのメリットはないという結論に至った。

「それにしても、こうたびたび警察に来られたら客が寄り付かなくなるんだけど」

美紀が腕を組んだことで、腕についた脂肪が強調された。

「あんたらのせいで、商売あがったりだよ」

店内を見回した美紀が睥睨《へいげい》してくる。真っ赤な口紅をつけた唇が歪《ゆが》んだ。ライオンが獲物を狩ったあとに口の周りを血だらけにしている姿に見えなくもない。

青山は、極力柔和な笑みを浮かべた。

「今日はコーヒーをいただきます」

その言葉に虚を衝《つ》かれたらしく、目を瞬かせる。

「ありますよね？　コーヒー。二つお願いします」

青山は椅子に腰掛け、宮下にも座るように促す。宮下は怪訝《けげん》な表情を浮かべたが、無言で従った。

美紀は、しぶしぶといった調子で、薄汚れたコーヒーメーカーの操作を始めた。

「どうして、ここにこだわるんですか」宮下が顔を近づけて、小声で訊《たず》ねてくる。

「あの人に、これ以上なにを聞くんですか」

そう言って、ちらりと美紀のほうを見た。

「まぁ、そう焦《あせ》るな」

悠然と構えた青山は、顔を上に向ける。天井の換気扇の隙間に埃《ほこり》がびっしりと溜《た》まっているのが視界に入った。

ここに最初に来たのは、事件発覚の当日だった。戸塚が殺されたことに対してなにか思い当たることはないかと訊ねたとき、美紀の最初の一言は、当然でしょ、だった。

それは、生前の戸塚を知る者の共通認識でもあるようだった。

そう思われても仕方ないという最も大きな理由は、金に汚いことが挙げられる。この店でやっていたノミ行為については、先頭馬が一コーナーに到達するまで馬券購入を受け付けるサービスが好評で、常連は多かったようだ。ただ、高額配当が出た場合には、その金額を元手に次のレースの賭けを勧め、なるべく損をさせて配当を出さないようにしていたらしい。

また、違法な貸金業では高利だったらしく、暴力的な取り立てこそしなかったものの、脅しを駆使して精神的に追い込んでいたようだ。具体的な話ではないが、自殺した人間もいるという噂もあった。

戸塚は金の亡者《もうじゃ》で、人を人とも思わない人間。

聞き込みをする中で、恨みつらみは出ても、いい話は一つも聞こえてこなかった。

殺されて当然の人間。そう言い切る人もいたが、いくら嫌われているからといって、殺されていいわけはない。

戸塚は独身だった。交際している女性もいなかったようだ。

女と関わると金がかかる。

戸塚がそう言っていたのを聞いた人がおり、そのときは、やはり金しか愛せない奴なのだと思ったらしい。

真偽のほどは別にして、悪評しか出てこない人物なのは間違いない。

ただ、捜査を進める中で、青山には別の考えが芽生《めば》えていった。

本当に、戸塚は金だけを愛していたのだろうか。金さえあれば、人は生きていけるものなのだろうか。

その疑問を解消することと、今回の事件の解決が合致するとは思えなかったが、妙に引っ掛かりを覚えた。

「はい。コーヒー」

美紀がコーヒーカップを二つ持ってくる。ソーサーもなく、ミルクや砂糖もなかった。

宮下は、茶渋が付着しているカップに顔をしかめたが、青山は何食わぬ顔で一口飲む。それほど悪くない味だった。

「飲んだら帰ってよね。一杯千円だから」

「話を聞いたら帰ります」青山は、カップをテーブルに置いた。「戸塚さんは、本当に交際している人はいなかったんですか」

その問いに、美紀は迷惑そうな顔をする。

「いないって言ってるでしょ。結婚もしていないし、付き合っている人がいるって話も聞いたことないわ」

「そうですか」頷いた青山は、美紀から視線を外《はず》さなかった。

「それは、どうしてでしょうか」

「……知らないわよ。モテなかっただけでしょ」

苛立《いらだ》ちが露《あらわ》になった表情。嘘を言っているようには見えないが、すべての発言が真実だと鵜呑《うの》みにするほど青山も能天気ではない。

戸塚は金に汚かったゆえに、かなり稼いでいたらしい。その証拠に、相当の金を家の金庫に保管していた。税務署に申告していない金だ。いわば、違法な金なので、実の妹である美紀に相続されるかは分からなかった。美紀の機嫌が悪い一因だろう。

青山は考えを巡らせる。

戸塚を知る人間の話を聞く限り、戸塚は禁欲主義者ではない。金を荒稼ぎし、酒を飲み、葉巻を吸っていたらしい。

ただ、女性関係の話はまったく出てこなかった。影が一切見えないのは不思議である。

美紀を疑った際には、保険金目的の殺人の線も考えられたが、戸塚は保険を一切掛けず、また掛けられてもいなかった。自分が死んだあとに支払われる金になど興味はなかったのだろう。

また、戸塚の家の金庫は強引に開けようとした形跡があり、財布の中は空になっていた。現場の状況から物取りのようにも思われるが、怨恨《えんこん》による殺害の線が消えるわけではない。捜査を攪乱《かくらん》するために金を取った可能性もある。

「戸塚さんが誰かと頻繁《ひんぱん》に会ったり、どこかの店に出入りしていたということはありませんか」

その問いに、美紀はうんざりしたようにため息を吐《つ》いた。

「何度も言うけど、私は兄の私生活は知らない。知りたくもなかった。ずっとそうだったのよ」

「知りたくなかった理由があったんですか」

青山は食い下がる。

知らなかったというなら分かるが、知りたくなかったということは、なにかを知っていたから知りたくなかったと捉えることもできる。

「……そりが合わなかったのよ」

一瞬の間があった。逡巡《しゅんじゅん》とも取れるその隙間に、なにがあるのか。戸塚の両親はすでに他界しており、話を聞ける肉親は美紀だけだった。

美紀の表情の変化を読み取ろうとするが、上手《うま》くいかなかった。

コーヒーを飲み干してから千円札を二枚置いて立ち上がり、店をあとにした。結局、宮下はコーヒーカップに一度も触れなかった。

店を出たタイミングで、宮下の携帯電話が鳴った。

頭を軽く下げた宮下は背を向ける。何度か返事をした後に、驚きの声を上げる。

やがて、携帯電話を耳から離して、こちらに顔を向けてきた。

真剣な表情を見て、嫌な予感がする。そして、その予感は当たった。

「あの……川岸が逮捕されたそうです」

「は？」青山は目を瞬かせる。

「……どういうことだ？」

今朝の捜査会議では、そんなことは言っていなかったはずだ。

「稲城検事が、防犯カメラの映像を証拠に逮捕させたようです」

「防犯カメラが証拠って、あの不鮮明な画質でか？」

「そうみたいです」

「自白は？」

宮下は首を横に振る。

信じられなかった。

あの画像では、個人を特定するのは難しい。見方によっては川岸かもしれないと推量できる程度のものだった。それで逮捕したとしても、起訴に持ち込むことは難しいだろう。

ともかく、捜査本部に戻って詳しい内容を聞くことにした。

本所警察署に戻ると、捜査員たちの表情は一様に困惑気味だった。管理官である今枝《いまえだ》克《かつ》則《のり》のみが、厳しい表情を浮かべている。

捜査員は揃っていなかったが、管理官による説明が始まった。

「稲城検事が用意した鑑定書で、防犯カメラの人物と川岸が同一人物だということが証明された」

ざわめきが起こる。当然だろう。いったいどうやったら、あの粗い映像から個人を特定できるのか。

「防犯カメラの男はマスクをしていました。どうやって個人を特定したんですか」

捜査員の一人が質問する。言外に、特定など無理だと決めつけている節が感じられた。

「耳の形だよ」

「……耳？」

捜査員は困惑したように八の字眉になる。

管理官は頷き、視線をテーブルに落とした。

「なんでも、防犯カメラに映っていた映像の一部と、川岸の耳の形の形状係数を求めて、一致が確認できたらしい。耳の上端と下端、そして外側部とで囲まれた画像上の平面の図形として計算したとのことだ」

説明をしている管理官自身も、よく分かっていないようだった。

「それと、戸塚の家の門柱と川岸、そして門付近に設置されている独立型の郵便受けに接近した映像を複数枚選択してそれぞれの座標を求め、鉛直方向の空間角度を測定して、それで、郵便受けの天辺《てっぺん》の座標を求めて身長や肩幅を……まぁ、そういうことだ」

途中で匙《さじ》を投げた管理官は、椅子の背凭《せもた》れに寄り掛かる。

「公判に耐えうる材料としては弱いらしいが、自白を取り次第、稲城検事が起訴する算段らしい。その自白も、稲城検事が主導するということだ。捜査本部は維持するが、聞き込み等の捜査活動は一時停止とする。この件は追って連絡する。それまで待機。以上」

半ば強引に切り上げた管理官は、そのまま部屋から姿を消した。

「……最初から、画像鑑定をしてるって言ってほしいですよね」

隣で話を聞いていた宮下が愚痴をこぼす。

たしかに、そのとおりだ。防犯カメラの映像を分析しているということは、たった今知らされた。捜査本部は、防犯カメラの映像をいち早く入手していた。そして、科学捜査研究所に画像解析を依頼し、使い物にならないという判断が下された。それにも拘らず、今回は起訴まで持ち込める材料の一つに化けた。

違和感があった。

同様に、川岸を犯人とするのも釈然としない。

直接、川岸を取り調べたわけではないが、報告を聞く限りでは、殺害の動機は見当たらない。百二十万円の借金をしていたが、川岸は四年前から借金を繰り返しており、今以上の金額になっていたこともあるようだ。戸塚の家からは、借用証や帳簿が発見された。川岸の証言に嘘はない。

借金が原因とは考えにくかった。それでも稲城は、動機を借金にするのだろうか。犯罪を起こす場合、金銭がらみか痴情のもつれであることが多く、担当検事である稲城の見立てでは、金銭がらみの殺人ということになるのだろう。

担当検事が方向性を示し、実際に動いた以上、捜査本部は従わざるを得ない。所詮、一介の捜査員は歯車の一つにすぎない。それでも、納得できないまま捜査を収束させたくなかった。

殺された戸塚には、女の影がなかった。周囲に隠れて、誰にも覚《さと》られないように付き合っていたのだろうか。戸塚は独身だから、誰に遠慮をする必要があるのか。もしかしたら、相手が既婚者なのかもしれない。そこから、なにかしらのトラブルに発展した。可能性はある。

ただ、青山の頭には、別の考えが浮かんでいた。

捜査資料が置いてあるテーブルに向かい、容疑者である森田と川岸の項目を読み返す。

二人とも独身で、行動範囲はそれほど広くない。川岸は新小岩《しんこいわ》駅近くに住んでおり、森田の家は両国《りょうごく》にあった。事件当初から川岸を重点的に洗っていたので、川岸の捜査資料は厚く、森田のほうは薄い。稲城の指示があったのと、森田らしき人物が最初に戸塚の家に入り、次に川岸らしき人物が門をくぐっている。

そして今回の画像鑑定書で、あとで家に入ったという証明がなされ、川岸が逮捕された。森田が行ったときは生きており、川岸に殺されたという推測が成り立つ。自白を引き出すのは〝割り屋〟と評されている稲城だ。起訴も時間の問題だろう。

焦りを覚えた青山は、口を開く。

「ちょっと、出かけてくる」

「え？」

宮下は、目を瞬かせる。

「それほど時間はかからない。資料でも読み込んでいてくれ」

「ど、どこに行くんですか」

その質問を無視した青山は、本所警察署を一人で出た。

青山が向かった先は、東京都北区にある古い日本家屋だった。瓦屋根が日差しを跳《は》ね返し、黒々と光っている。

インターホンを押す。反応がない。ただ、ここ小鳥《ことり》家《け》の主はほぼ確実に家にいる。

腐乱死体として発見されたくないからと渡された合鍵で、玄関の鍵を開けて、家の中に入った。

「冬馬《とうま》、俺だ。入るぞ」

声を張り、三和土《たたき》で靴を脱いで、廊下を歩く。建物が古いため、床が軋《きし》む。

静謐《せいひつ》。

家は、大通りから一本入った場所にあるため、車の走行音といった外部からの雑音も届かなかった。

人がいる気配はない。

妙な話だが、気配がないということが、冬馬の存在を証明するような気がした。

居間へと通じる襖《ふすま》を開ける。

一人の成人男性が、畳の上にうつ伏せになっていた。背伸びをしているかのように、両手を伸ばしている。

普通なら、うつ伏せに倒れている人間を見たら驚く。ただ、ここの主は普通ではない。普通は通用しない。

「……冬馬。どうして伸びてる」

青山が声をかけると、冬馬はピクリと身体《からだ》を動かし、ゆっくりと半回転して仰向《あおむ》けになった。長い前髪が、顔の半分を覆っている。その隙間から、眠そうな目が見返してくる。

「腹が減ったんで、極力動かないようにしているんだ」

さも当然であるかのように堂々とした調子で告げる。

「カップラーメンでも食べればいいじゃないか」

開け放たれた襖の先にある台所を見る。カップラーメンが堆《うずたか》く積まれていた。以前、震災が起きてからは買い溜めしていると聞いていた。

「……カップラーメンは身体に悪いんだよ。成人男性の一日の塩分摂取量は八グラム未満が推奨《すいしょう》されているが、僕の好きなカップラーメンの食塩相当量は十グラム近い。それだけじゃない。麵やスープに含まれているタンパク加水分解物は味覚障害を引き起こす可能性があるし、うまみ調味料として使用されているグルタミン酸ナトリウムだって神経への影響があるとされているんだぞ」

冬馬は仰向けの状態のまま、険しい表情を浮かべる。

「じゃあなんで、あんなに買っているんだよ」

その問いに、冬馬は真顔になる。

「地震といった災害が起きて食べ物がなくなったら困るじゃないか。その場合は、健康がどうのと言ってはいられないから、たとえ味覚障害になる危険を冒したとしても、喜んで食べるつもりだ」

「いや……」

「お湯はカセットコンロを使うから心配ない。ガスボンベも二十本備蓄している」

少し得意そうな調子で言った冬馬を見て、青山はため息を吐いた。

相変わらずだなと思う。

冬馬は強迫神経症を患っていた。そのため、些細なことでも気になって仕方がなくなってしまう。外出したときにガス栓を閉め忘れたかもしれないと考えたり、鍵をかけただろうかと心配になることは、誰しも一度は経験があるだろう。しかし、冬馬はそういったことを過度に思い悩み、気になったことは徹底的に確認したり調べたりしてしまう。調べなければ安心できない性質《たち》からか、さまざまな知識を持っている。博学だと驚嘆《きょうたん》することもあるし、どうしてそんなことまで調べるのかと呆《あき》れたりもする。ただ、その知識が捜査に役立つこともしばしばあるので、馬鹿にはできない。

青山と冬馬は、高校と大学の同窓というだけの関係で、卒業してからは会っていなかったが、刑事になってから交流が再開した。こうして訪問している理由は、事件解決の助言を受けるためだった。

親が遺《のこ》したアパートの家賃収入で細々と暮らす冬馬は、強迫神経症以外にも、加害恐怖という厄介な症状も抱えている。これは、自分が人を傷つけるのではないかと心配するものだが、冬馬は、犯人が誰かを傷つけたのは、自分が事件を解決しなかったからだと思い込んでしまう。そして、自分が傷つけたも同然と考える。

そういった回りくどい加害恐怖を恐れている冬馬を巻き込み、捜査に加担させていた。青山は多少の罪悪感を抱いているものの、悪人を野放しにはできないという正義感が勝って、今もこうして会いに来ていた。

ただ、訪問の理由は、それだけではない。

「その……あれだ、冴子《さえこ》さんは来ていないのか」

青山は、冬馬の従妹《いとこ》の名前を口にした。

目を瞬かせた冬馬は、腕を横に伸ばし、大きな欠伸《あくび》をする。ちゃぶ台に手をぶつけて、呻《うめ》き声を上げた。

「それがな、なんと、旅行に行っているんだ。草津《くさつ》に連泊するとか言っていたな。山登りをしたり、温泉に浸《つ》かったりするとはしゃいでいたよ。あんな爺《じじ》むさいところにわざわざ行く奴の気が知れない」

羨《うらや》ましそうな調子が多分に含まれた口調で告げた。

青山は、顔から血の気が引くのを意識する。

「安心しろ。どうやらメンバーは女友達だけのようだ」

冬馬は、青山の心の内を見透《みす》かすように目を細める。

「そうか……」

安堵《あんど》した青山だったが、その表情を見られないように顔を背《そむ》けた。そして、そうした振る舞いをした自分が腹立たしくなり、乱暴な口調で続ける。

「聞いてほしいことがあるんだ」

「事件の話なら断る！」

そう叫んだ冬馬は、脱兎《だっと》のごとく逃走を図ろうと勢いよく立ち上がるが、すぐにへたり込む。どうやら、貧血を起こしたらしい。

「……頼む。後生《ごしょう》だから水を一杯持ってきてくれ」

両手を畳についた冬馬が、弱々しい声を発する。まるで、土下座をしているような格好だった。

青山は台所にある冷蔵庫からペットボトルの水を取り出し、手渡す。それを有難がりながら飲んだ冬馬は、仰向けに寝転んだ。

「水はいいな。妙な添加物が入っていないから」大きく深呼吸し、目を閉じた。

「助かった。それじゃあ、帰ってくれ」

一瞬の間ののち、青山は胡坐《あぐら》をかいてから口を開く。

「さて、事件の話をする。今回はそれほど複雑ではない……はずだ」

冬馬は、事件の概要を聞かなければ加害恐怖に陥《おちい》らないと思っており、青山の話をなるべく聞かないようにしていたが、その試みは毎回失敗していた。青山は、助言を求めることで冬馬に悪影響を与えるということは承知しているが、どうしても事件を解決したいという熱意が先行してしまい、止《や》めることができなかった。

冬馬は恨みがましい視線を向けてくるものの、逃げるつもりはないようだ。

申し訳ないという気持ちを抑え込み、青山は説明を始める。

「被害者は戸塚という男で、金に汚いと評判の人間だった。競馬のノミ行為をしたり、無許可で金貸しもしていたらしくてな。女の影もなければ、金を使う趣味もない。金を稼いで貯めることが唯一の趣味みたいな男だ。容疑者の名前は、ノミ行為のツケが三十万円あった森田という男と、百二十万円を借りていた川岸という男だ。犯行現場からは金が盗まれていた。でも、金銭がらみの犯行には思えないんだ」

「……犯行現場はどこだ？」

「錦糸町にある戸塚の自宅だ」

「繁華街だな。それなら、防犯カメラの映像があるだろう」

「二人によく似た背格好の人物が戸塚の家を訪問した様子は映っていた。十九時に森田らしき人物。二十時に川岸に似た人物。画像が粗い上に、川岸らしき人物はマスクをしていたので、人物は特定できていない」

捜査本部の方針が川岸犯人説で動いていることは伝えなかった。余計な情報は不要だ。

「森田のあとで、マスクをしている川岸らしき人物が家に入ったなら、そいつが犯人だろう。森田が殺していたら、川岸が通報するはずだ」

「普通はそう思うよな。ただ、殺された戸塚はハンマーで殴られていたんだが、打撲痕《だぼくこん》の形状から、左利きの人間によるものだと判明している」

「そして、川岸は右利きというわけだな」

その言葉に、青山は頷く。

「ちなみに、森田は左利きだ」

「森田の交友関係は？」

「……交友関係？」

青山が聞き返すと、冬馬はできの悪い生徒を見る教師のような視線を向けてくる。

「交際関係だ。君は、強盗の可能性は低いと考えているんだろう？」

問われた青山は、捜査資料を思い出す。

「交際……いや、特にはないようだ。そして未婚だ」

冬馬は、ゆっくりと上体を起こす。

青山は、縁側の奥に置いてある安楽椅子を持ってこようと思って立ち上がったが、冬馬がそれを手で制する。

「……椅子は必要ない。こんなもの、簡単じゃないか。深く考える必要もない。痴情のもつれならば、一つの推測が成り立つ。戸塚には女がいなかった。でも、これは痴情のもつれだ。物事はシンプルにするのが一番なんだよ」

冬馬は説明を続ける。

青山は目を丸く見開き、冬馬の推論に聞き入った。

冬馬の家を辞した青山は、その足で電車に乗り、総武線の両国駅で降りた。そこから十五分ほど歩いた場所にある〝モリタリサイクルショップ〟に入った。

客の姿はない。カウンターの前に座った初老の男性が、暇そうに競馬新聞を眺めていた。髪はほとんどなく、僅《わず》かに残っている白髪が、エアコンの風でたゆたっている。

「すみません。警察の者ですが」

青山が声をかけると、男はうんざりしたような顔をする。何度も聞き込みを受けているのだろう。呻き声を上げながら肩を揉《も》みつつ、男は森田の父である幸雄《ゆきお》と名乗った。

「倅《せがれ》は、仕事で外出中ですよ」

投げやりな口調。ここで働いている森田は、不用品を買い取るために軽トラを走らせていることが多いという報告書が上がっていた。

「いえ、ちょっと聞きたいことがあるんです」

「……俺に？」

幸雄の表情が強張《こわば》る。息子が容疑者になっていることは承知しているだろう。警戒するのも無理はない。

「いえ、大した話ではなく、ちょっとした確認です」

そう言われても安心するわけがないよなと思いつつ、話の穂を接《つ》ぐ。

「息子さんの趣味はギャンブルということですが、それは間違いないですか」

幸雄は、苦々しい顔になる。

「……まぁ、仕事をしていないときは、競馬やパチンコをしているか、酒を飲んでいるかだな」

行きつけの店は、船橋《ふなばし》と錦糸町にある。酒を飲むにも、ギャンブルをするにも適した土地だ。

「それ以外に趣味は？」

「ないな。本人に聞いたわけじゃないが、おそらくな」

「交友関係は、やはりギャンブル仲間ですか」

「詳しくは知らんが、そうだろうな」

腕を組んで考え込みつつ頷いた幸雄は、不審そうな顔をする。

「……いったい、なにが聞きたいんだ」

「いえ、事件について、森田さんの交際相手が犯人かもしれないという線が浮上してきまして」

当然生じるであろう問いを受けた青山は、あらかじめ用意しておいた嘘の回答を口にする。

その言葉を聞いた幸雄の顔に生気が戻る。

「あいつ、やっぱり犯人じゃないのか！」

安堵するような表情の奥に、親特有の慈愛が見て取れた。

「まだ分かりませんが……」

こんな話をしたと捜査本部で明るみに出たら、ドヤされるだろうなと内心思いつつ、表面上は平静を装う。

本題に入る。

「交友関係といえば、森田さんは、付き合っている女性とかはいなかったんでしょうか」

「女性？」

青山は頷く。

幸雄は腕を組んだ。

「……いやぁ、あいつは奥手《おくて》でな。あんな歳《とし》になっても独身で、浮いた話がまったくないんだよ」

「これまで、付き合ったという話は？」

「俺が知っている限りでは……あ、たしか、中学生のころに一度女の子と付き合っていたようだったが、ただ、あれは女友達って感じでもあったな。なにせ奥手でな。男子校だったし、この仕事じゃ出会いもないし。刑事さん、いい人がいれば紹介してくれないか？」

容疑者に同僚を紹介する刑事がいたら驚きだなと考えながら、曖昧に頷いた。そして、捜査本部で見た森田の、年齢にしては端整《たんせい》な顔立ちを思い出す。

幸雄との会話で、冬馬の主張が正しかったと証明されたわけではないが、確度は高くなった。

時間を取らせたことを詫びた青山は、店を辞した。その後、捜査本部内にある森田に関する資料を読み込んだ。

2

翌日。

宮下とともに本所警察署を出て、錦糸町へ向かう。聞き込みはするなと管理官から釘《くぎ》を刺されていたが、守るつもりなどなかった。

長細い形状をした雑居ビルの中にある〝喫茶　オフコース〟に、美紀の姿があった。相変わらず客の姿はない。テレビ画面には、競走馬が走っている様子が映し出されている。

煙草を吹かしていた美紀は、二人を見て唇を歪めた。

「……また来たの？　話を聞きたいなら、コーヒー頼んでよ。一杯千五百円」

昨日より五百円値上がりしているが、そのことを指摘するほどの余裕はない。

財布から三千円を出してテーブルに置き、視線を上げた。

「森田幸三さんはご存じですよね」

札に視線を落とした美紀は、僅かに頷く。

「ここによく来てたからね。……それがどうしたのよ」

警戒するような美紀の顔を見つつ、青山は冬馬の推測を口にする。

「ゲイだということは、ご存じでしたか」

美紀は大きく目を見開く。隣にいる宮下も同様の反応だった。

「森田さんはゲイでした。そして、戸塚さんもそうだったんじゃないですか」

森田がゲイだという確証はなかったものの、鎌をかける。美紀は明らかに動揺していた。

その反応で青山は手応《てごた》えを感じる。この事件は金銭がらみではなく、冬馬が推理したように、痴情のもつれによるものだ。

正直なところ、森田と戸塚が同性愛者であるという証拠はなかった。偏見に満ちた見方だったが、森田はしっかりとした収入があるにも拘らず、女性と付き合っているような話を聞かなかったし、キャバクラや風俗といった場所にも行っていないらしかった。それは、戸塚も同様だった。

森田と戸塚が同じような状況下にあり、一人が殺されて、一人が容疑者になっている。同性愛者ならば、他人に覚《さと》られないように付き合う傾向がある。周囲の人間が気付かない可能性は高い。

少し前に見たテレビ番組で、同性愛者を含むＬＧＢＴは日本の人口の八・九パーセントにもなるという調査結果が出ているという話をしていた。LGBTのLはレズビアン、Gはゲイ、Bはバイセクシャル、Tはトランスジェンダーを指し示している。

そして、八・九パーセントということは、一千万人以上いることになり、それは、血液型がAB型の日本人とほぼ同数である。

「これは重要なことなんです。知っていることを教えてください」

青山は頭を下げる。

この事件の真相は、今の捜査本部や稲城が見ている方向とは別の角度にあるのかもしれないのだ。もしそうなら、冤罪《えんざい》を生んでしまう可能性がある。

美紀は無言のまま、微動だにしない。頑《かたく》なな態度。

駄目かと思ったとき、頭に声が降ってきた。

「……もう嫌なのよ」

ぽつりと美紀が呟《つぶや》く。その顔には、諦観《ていかん》が浮かんでいた。

「もう、兄に振り回されるのは懲《こ》り懲《ご》りなのよ」灰皿に煙草を押し付け、話を続ける。

「実家は栃木にあったんだけど、いい思い出なんて一つもなかったよ。兄が男のことを好きだって知ったのは、中学生の頃。あいつ、同級生の男に告白したの。まったく、馬鹿だよ本当に。告白したって噂はすぐに広まって……。小さな集落だったし、閉鎖的だったから。私もずいぶんと苛《いじ》められた。学校では教師も一緒になって苛めるの。近寄るなって」

当時の状況を思い出したのか、怒りと悲しみが入り交じった複雑な表情を美紀は浮かべた。

「あんなド田舎から早く抜け出したくて、高校を卒業してからすぐにこっちに来たのよ。一刻も早く離れたかったからね。でも、こっちも大概ね。騙《だま》したり騙されたりで散々。結婚も失敗して、それからは職を転々としたんだけど、身体を壊しちゃってね。そのタイミングで父親が死んで、嫌々だったけど葬式に出たんだ。そこで兄と再会して、こっちで仕事をしていることを知ったの」美紀は新しい煙草に火を点《つ》けた。「それで、なんやかんやでここにいる。この店を任せてもらったことは兄に感謝しているけど、それだけよ。基本的に、憎しみと嫌悪感しかなかった。だって、男が男を好きなんて、想像するだけで……」

美紀は顔を歪める。

これが、同性愛者に対する一般的な反応だろうかと青山は思いつつ、森田がゲイであるかを訊ねてみる。しかし、美紀は知らないと首を横に振った。

青山は落胆を覚えつつ、礼を言ってから店を後にした。

外は殺人的な暑さだった。

十二時を回ってから、一段と気温が上昇したようだ。額から噴き出た汗を手で拭《ぬぐ》い、足早に本所警察署へ向かう。

「どうして、森田と戸塚がゲイだって分かったんですか」

後ろから必死についてくる宮下が訊ねてきた。

青山は、冬馬のことは伏せることにする。

「……確証はなかった。要するに勘だ。それに、まだ森田がゲイだと決まったわけじゃない」

前を向いたまま答える。

「でも、二人がゲイで、付き合っていたとしたら……」

息を弾《はず》ませた宮下は、途中で言葉を止め、続きを喋《しゃべ》ろうとしなかった。

青山は頷く。

「お前が思っているとおりだ。川岸が犯人じゃないかもしれない。金銭がらみの犯行ではなく、痴情のもつれの線が浮上したんだからな」

「でも、防犯カメラの鑑定書が……」

そのとおりだった。

画像鑑定書は、川岸を犯人だと指し示しているのだ。森田と戸塚がゲイであることを突き止めたところで、その牙城《がじょう》を崩すことはできない。

戸塚はゲイだった。そして、森田も同様である可能性がある。

しかし、捜査方針を変える材料としては弱すぎる。

ただ、たった今摑んだ事実をぶつけてみる価値はあると思った。

本所警察署に戻り、階段を駆け上がる。

捜査本部として割り当てられている部屋に入ると、管理官の今枝が捜査資料を片付けているところだった。捜査員の姿はない。

「聞いてください」

管理官は手を止めて、不審そうに青山の顔を見上げる。

青山は口早に、戸塚と森田が深い関係にあったのではないかということを話した。無言で聞いていた管理官は、頭痛がしたように顔をしかめる。

「……とりあえず落ち着け」

管理官は顎《あご》でパイプ椅子を指す。青山と宮下は指示に従い、管理官は対面に座った。

「分かっているとは思うが」管理官は短く刈っている頭を搔きながら続ける。「すでに川岸が逮捕されている。しかも、稲城検事が用意した鑑定書でだ」

「それは知っています。ですが……」

「その鑑定書が、川岸を犯人であると示しているんだ」

青山の言葉を、管理官は強い口調で遮る。有無を言わせぬ調子だったが、青山は動じなかった。

「その鑑定書、見たんですか」

視線を外さずに訊ねる。

警察組織は、完全な階級社会だ。上に反抗することは許されないと、徹底的に叩《たた》き込まれる。ただし、事件の捜査においては別だ。すべて上の指示に従って動くだけの刑事はいないし、そんな奴は、存在するに値しない。

「……一応な」

歯切れの悪い返答だった。

「どう思いましたか」青山は返答を待たずに続ける。

「正直、あの防犯カメラの解像度だと、どんなに処理を施しても特異点を識別することはできないと思うんですが」

目や鼻や口、そして耳にある数ミリの形態の違いを特異点と言うが、今回入手した動画で、それを識別できるとは到底思えなかった。

管理官は短く笑う。

「いつから鑑定人になったんだ。お前たちは、言われたとおりに捜査をすればいいんだ。それとも、稲城検事の見立てが間違っていて、しかも鑑定書も間違っていると言いたいのか」

睨《にら》みつけられたが、ここで引き下がるわけにはいかない。

「見せてくれませんか。その鑑定書を」

「ここにはない」

「じゃあ、鑑定人を教えてください」

ため息を吐いた管理官は、上を指差す。

「クビになる覚悟があるなら、聞いてみろ。今、道場で乱取りしているところだ」

言っている意味が分からなかった。

「……乱取り？　誰がですか」

「川岸と、稲城検事だ」

その返答に、青山の心臓が跳ね上がった。


四階の道場に行くと、ちょうど柔道着を身につけた川岸が警察官二人の肩に凭れかかって連れ出されるところだった。鼻血を出して、ほとんど白目をむいていた。気絶しているようだ。

道場に残っているのは、頭から湯気を出している熊のような体格の稲城一人だけだった。

「どうした？」

青山と宮下の存在に気付いた稲城が近づいてくる。

目の前に来ると、その巨体に圧倒される。青山は剣道の有段者で身長も高いが、稲城の身体は一回り大きかった。

「……なにを、していたんですか」

その問いに、タオルで汗を拭いていた手が止まる。

「なにって、乱取りだよ」笑みを浮かべた。

「大阪のほうに赴任していたときに、府警の四課の奴らがヤクザを自白させるために乱取りをしているのを見てな。なかなか面白そうだったんで、ときどき真似《まね》ているんだ。運動になるし、一石二鳥だ」

まったく悪びれた様子はなかった。

青山は、大阪流の〝割り方〟というのを聞いたことがある。警視庁の場合、容疑者が容疑を否認したままの状態でも、東京地検に送ることは少なくない。しかし、府警の刑事は送致する前に自白させるという意識が強く、その手段は自然と強引になる。アバラ骨を折るなどザラで、警視庁は天国、府警は地獄と言う者もいた。

「これ、違法行為、じゃないんでしょうか」

声が震える。勾留《こうりゅう》中の容疑者を道場に引っ張り出して乱取りをするなど、違法以外のなにものでもない。

稲城は、視線を天井に向けてから、すぐに戻す。

「川岸を相手に乱取りをしたことを外部に漏らす人間はいない。たとえ川岸が弁護人にそう主張したとしても、裏付ける証拠はない。建物内にある防犯カメラにも映っていないから証拠にはならないし、弁護人に映像データを提出するつもりもない。それに、顔や身体に傷がつかないようにしているからな。鼻血が出たのは、手加減を間違えたんだ。あ、言い忘れていたが、そもそも、川岸が道場で乱取りをしたいと言ってきて、俺は仕方なく応じただけなんだ。善意だよ」

自らのクロい行為を、シロと言い張る。それがまかりとおる土壌がここにはある。

「それで、なにか用？」

稲城の口調は優しい。

「……鑑定書の件で、お話が」

「あぁ、あの鑑定書ね。見た？」

「いえ」

「見なくていいよ。一水秋吉《いちみずしゆうきち》教授のものだから。彼、三日で二本も鑑定書を仕上げるんだよ。粗製濫造。それでも、俺のオーダーにはしっかり応えてくれるから優秀と言える」

その言葉に、全身が粟立《あわだ》つ。

「……どういうことでしょうか」

稲城は首の骨を鳴らした。

「あの鑑定書は、俺の指示どおりに書かれたものだ。画像鑑定で耳の形態の一致について形状係数で求めさせたんだが、あれ、画面の歪みを上手く利用したものなんだ。防犯カメラって、一台で九十度をカバーする超広角レンズを使っているだろう。いわば、魚眼レンズみたいなもので、形状が歪むんだ。だから、同じものが別のように映ったり、別のものが同じように映ったりする。それと、夜間は影が邪魔になって識別が難しくなるから、そういったことを口実にして、映像の人物と川岸の耳の同一性を工作するんだ。殺人事件は、裁判員裁判だ。つまり、素人を騙せる程度の鑑定書で十分なんだよ。ちなみに、ハンマーで殴られた傷について、右利きの川岸では違和感がある。だから、この証拠は裁判所に提出しない」

稲城は口元を綻《ほころ》ばせるが、目は鋭く青山を射貫《いぬ》いていた。

「それって、ほとんど……」

——捏造《ねつぞう》ではないか。

青山は、その言葉を発することができなかった。

「お前の考えていることは分かる。それでも、犯人は川岸だ。それを俺は一切疑っていない」

稲城は当然のように言った。

「……そう思う根拠が、稲城検事にはあるんでしょうか」

青山が問う。

稲城は、僅かに腰を屈《かが》め、青山に顔を近づける。

「俺は、犯人を有罪にして事件を解決するのが仕事だ。事件が終われば、それでいいんだ。世間は事件が長引くと不安がる。未解決事件が出れば、その瑕疵《かし》は地域に根を下ろし、その街全体の雰囲気を悪くする。迅速に事件を解決することこそが、俺の使命であり、それこそが社会の安定化に繋《つな》がる方法なんだ。川岸を挙げる証拠が揃った。それはつまり、川岸が犯人だということだ。それに、さっき川岸も最後には自分が犯人だと言っていた。それでいいじゃないか」

「……それって、犯人は誰でも……」

今までずっと黙っていた宮下は言い、慌《あわ》てて口を手で押さえた。

――事件が解決できるなら、犯人は誰でもいい。

青山にも、そう聞こえた。

稲城は、ビー玉のような光を帯びる瞳で、青山と宮下を交互に見る。

そして、ゆっくりと空気を吐き、口を開いた。

「正直なところな」

破顔する稲城を前に、青山は寒気を覚える。

〝割り屋〟の稲城。そう呼ばれている理由が、ようやく分かった。

本来の意味の〝割り屋〟は、容疑者を自白に追い込むプロを指す。

しかし、稲城の場合は違う。

定められた職務や決められた範囲を〝割って〟、正義を貫くのだ。

それが、稲城にとっての正義なのだ。

これまでも、そうやって街の治安が守られてきたのか。

絶句してしまった青山だったが、自らを鼓舞《こぶ》するように両頰を手で叩いた。そして、固まった唇を無理やりこじ開ける。

「……私は、森田が犯人だと思うんです」

「ほう」

稲城は興味深いとでも言いたげな表情を浮かべつつ、一歩近づいてきた。少しだけ距離を縮められただけなのに、後退《あとじさ》りしたいと思うほどの圧力を感じる。

身体の中で膨らんだ弱気を吐き出してから、声が震えないように意識する。

「……戸塚が殺されたのは、金銭トラブルによるものだという線で、捜査本部は動いています。稲城検事も同じ考えでしょうか」

問いを受けた稲城は腰に手を当てつつ頷く。

「川岸は、戸塚から百二十万円の借金をしていた。それが重荷になっていたのだろうな。その上で、喧嘩《けんか》でもして思わず殺してしまったのだろうな」

真実であるかのように語った稲城に、迷いは一切なさそうだった。表情は穏やかだが、眼光鋭く、今にも襲いかかってきそうな気迫が身体から滲《にじ》み出ていた。

こんな熊のような男に反抗しても、いいことなんて一つもない。しかも、相手は検事だ。楯突《たてつ》けば、捜査一課を追い出され、僻地《へきち》に飛ばされる可能性すらある。

それでも、真実を曲げることはできない。

青山は身体の震えを意識しつつ、腹をくくる。

「自分は、この事件は金銭トラブルによるものではなく、痴情のもつれによるものなのではないかと考えています」

本当は冬馬の考えであることを心の中で呟く。

「……痴情のもつれ？」

稲城は不審そうに眉をひそめた。

青山は頷き、説明を始める。

殺された戸塚はゲイで、容疑者である森田もゲイの可能性があること。二人は密かに付き合っており、その付き合いが拗《こじ》れて殺人事件へと発展したのではないかということ。明確な根拠があるわけではなく、あくまで推測の域を出ない主張。担当検事に直談判《じかだんぱん》するにはあまりにお粗末な内容だったが、金銭トラブルの証拠もないし、多額の借金とは言いづらい状況下で人殺しが起こるとは思えないと内心で無理やり納得させた。

黙って聞いていた稲城は、首を僅かに捻《ひね》った。

「お前の主張が正しいとして、訪問の順番についてはどう考える。被害者の家を訪問したのは、森田が先で、川岸があとだ。もし森田が犯人だったら、川岸が通報するはずだ」

捏造された可能性のある鑑定書を抜きにすれば、防犯カメラの映像からは、個人の特定は難しい。ただ、背格好から、森田らしき体格の男が先に家に入り、帰ったのち、川岸らしき背格好の男が家を訪問している。

これこそが、川岸犯人説を推し進める理由の最たるものだ。

青山は、乾いた唇を舌で湿らせる。

「……一つだけ、可能性があります。左利きの森田が被害者の頭を殴打して逃走し、そのあと、川岸が訪問しました。もしかしたら、その時点では被害者は生きており、漏れ聞こえてきた唸《うな》り声で家の中に入っていったのかもしれません。そして、血を流して倒れている被害者を発見した。普通だったら、救急車を呼ぶ状況です。しかし、川岸はそうしなかった」

「しなかった理由は？」

間髪を容《い》れずに質問が飛んでくる。法廷の中で発せられるような鋭い口調。

「……川岸は、被害者を見殺しにして、金品を盗もうと考えたのではないでしょうか。川岸は百二十万円の借金のほかにも、いろいろなところで借金をしていました。被害者一人を殺害したところで借金は帳消しにはなりませんから、やはり殺害の動機とするには弱いです。それよりも、見殺しにして、金を盗んだほうが良いと川岸は判断したんじゃないでしょうか」

　冬馬の主張をなぞる。

「金のために人を殺すのと、見殺しにして金を奪うのとでは、後者のほうが実行しやすいはずです。それに、被害者の傷の状態から、犯人は左利きである可能性が高いとされています。科学的な証拠が乏しい中で、利き腕だけが科学的に証明されていますから、これは重視すべき項目です」

「俺が作らせた防犯カメラの鑑定書も、立派な科学的証拠だがな」

　冷《さ》めた口調。

　やはり推測だけでは駄目かと思い、視線を落としたところで、意外な言葉が飛んできた。

「殺したのが森田で、川岸は見殺しにしただけ。つまり、そうだな……緩やかな共犯関係というやつか。まぁ、面白い考えではあるな。まぁ、もう少し、森田の周辺を洗ってみよう」

「あ、ありがとうございます！」

　青山は頭を下げる。まさか、こうもすんなりと受け入れてもらえるとは思っていなかったので、驚きを禁じ得なかった。

「ふむ。面白い。お前の名前は？」

「あ、捜査一課の青山です！」

「……青山。そうか」稲城は納得したように頷く。

「突拍子もない推理だと一蹴《いっしゅう》したいところだが、先ほどの乱取りのときに、川岸がお前の推理と同じようなことを言っていたからな」

そう言い残した稲城は、肩を回しながら歩き出す。

青山は、去っていく背中を見ながら、社会の安定化を図るために一人の人間に罪を被《かぶ》せる方法を選択する男に恐怖心を抱いた。

道場の入り口で立ち止まった稲城は、身体を捩《よじ》る。視線が合う。

「俺は、事件が解決すれば、犯人なんか誰でもいい。しかし、真犯人ならなお良い。今回は良い働きだった。覚えておこう」

歪んだ笑みが、青山に向けられた。

第二章　夏の底

眠っているとき、夢はほとんど見なかった。いや、見ても忘れてしまっているのかもしれない。

反面、起きていても夢を見ているような感覚に陥ることがある。その夢は悪夢で、現実のフラッシュバックでもある。この、覚めない夢から逃れたいという気持ちは常にあった。

悪夢を紛《まぎ》らわせる手段。その一つが仕事だった。没頭すれば、夢から逃《のが》れられる。ただの対症療法であって、根本治療ではないのは重々承知している。

1

頭を押さえつけられるような不快な暑さと、身体にまとわりつく嫌らしい湿気に、秋月《あきづき》紗香《さやか》は小さな呻き声を漏らし、唇を歪めた。

朝の八時。

降り注ぐ日差しは強く、その凶暴さに辟易《へきえき》した。八月に入り、一段と暑くなっている。

ヒールの低いパンプスでアスファルトを蹴り続け、ようやく目的地に到着する。

最寄り駅のJR三鷹《みたか》駅南口から徒歩で十分。今にも倒れ掛かってきそうな古びたビルだ。

〝武蔵野《むさしの》東《ひがし》警察署〟という文字は、金色で塗装されているがくすんでいる。全体的に暗い印象を受けるのは、この場所を快く思っていないからだろうか。

外界の熱気から逃れるように大股で署内に入る。エアコンの清掃が不十分なのか、生乾きの雑巾《ぞうきん》のような臭いがした。

鼻梁《びりょう》に皺を寄せた秋月は、ロビーを横切ると階段を上り、三階に向かう。

三階は、生乾きの雑巾の臭いはしなかったが、代わりに、中高年男性特有の加齢臭が漂っている。しかし、この臭いには慣れていた。

秋月は目を細め、後頭部の薄くなった男を見つけ出す。

「榎木《えのき》さん」

近寄ってから声をかけると、熱心にパソコンのマウスを動かしていた榎木元貞《もとさだ》が振り返った。ディスプレイには、旅行会社のホームページが表示されていた。伊東《いとう》温泉という文字が目に入る。

「おぉ、秋月さん。おはようございます」

慌てて画面を閉じ、愛想笑いを浮かべる。内臓や脂肪以外にもなにか入っているのかと疑ってしまうような出っ張った腹。眼鏡越しの人を品定めするような視線。皺だらけのワイシャツ。黄ばんだ襟《えり》。清潔感に欠ける。

「当時の資料、揃いましたか」

秋月が見下ろしながら訊ねると、榎木は下唇を突き出して考えるような素振りを見せる。そして、首の凝りを解《ほぐ》すように頭を左右交互に倒してから、やっとのことで頷いた。

「もちろん、準備しておきましたよ」

まるでそれが重労働であるかのようにのろのろと立ち上がった榎木は、腰を擦《さす》りながら壁際のキャビネットに向かい、そこからファイルを取り出して戻ってくる。

「これが、ここに保管してある捜査資料のすべてですね」

抱えていたファイル二冊を机の上に置いた榎木は、椅子に座り直し、引き出しの中から開封済みの羊羹《ようかん》を取り出して頬張《ほおば》った。七福神の布袋《ほてい》が浮かべるような笑み。

秋月は甘いものが苦手だったので、顔をしかめた。

「……どこか、空いている部屋はありませんか。ファイルの中身を読み込みたいので」

言葉を受けた榎木は、鼓動五拍分ほどの沈黙ののち、会議室が空いているから使っていいと答えを返した。

秋月は二冊のファイルを持ち、会議室に入る。朝から一度も使っていなかったのか、蒸した空気が充満していた。黴《かび》のような臭いもする。息を止めたい衝動に駆られつつ、エアコンのスイッチを入れて、鞄《かばん》からロールオンの香水を取り出し、手首に薄く塗る。せめて、臭いだけでも紛らわせたかった。

香水の甘い香りと、部屋の臭いが混じり合う。眉間に皺が寄る。

浅い呼吸を意識しつつ、ファイルを開いた。捜査員たちが集めてきた証言や証拠品の写真、捜査方針の変遷《へんせん》などが収まっている。

武蔵野市ＯＬ殺害事件。

捜査本部の戒名が書かれた資料には、事件の概要が記載してあった。

五年前に起きたこの事件は、すでに解決済みのものだった。

被害者である武蔵野市在住の女は、東京駅の八重洲口《やえすぐち》から歩いて五分ほどの場所にある企業に勤めており、犯人は同じ会社の同僚の男だった。男は既婚者で、女は独身。男にとっては、女は遊び相手でしかなかったが、妊娠発覚を機に関係が拗れた。男の別れ話に逆上した女が、すべてを会社や妻にバラすと脅し、頭に血が上った男が女を殺害。よくある痴情のもつれによる事件。衝動的で咄嗟《とっさ》の犯行だったものの、男の隠蔽《いんぺい》工作が捜査を攪乱させ、逮捕までに十三日間を要した。

この事件が発生したことで武蔵野東警察署に捜査本部が設置され、警視庁捜査一課からも捜査員が派遣された。このときの当番は、捜査一課殺人犯捜査二係だった。

女の遺体が発見されてから、すぐに容疑者が絞られた。当時、女は複数の男と交際しており、派手に遊んでいたようだった。その中に犯人がいると推測し、証拠集めをしていた。捜査員たちの間では、事件解決も時間の問題だろうという安心感が漂っていた。

そんな折、殺人犯捜査二係の倉持涼介《くらもちりょうすけ》が忽然《こつぜん》と姿を消した。犯人逮捕の一日前だった。

捜査中の殺人事件との関連性はなく、消えるような個人的理由も倉持にはなかった。日付が変わった頃、横になっていた倉持は、無言でむくりと起き上がり、少し散歩をしてくるとだけ署員に告げてから泊まり込んでいた道場を後にしたらしい。そして、それきり戻ってこなかった。

最後に倉持の姿を見たのは、このファイルを寄越《よこ》した榎木だった。

静かに道場から出ていき、煙のように消えてしまう倉持。見たこともない光景が脳裏に浮かぶ。秋月は当時、倉持と交際していた。

頭を振った秋月は、目の前のファイルに意識を集中させる。倉持の失踪《しっそう》後、なにか手掛かりはないかと何度も何度も読み込んだ資料。

指を這《は》わせながら文字を追う。

一時間ほどで三回読み返したが、倉持が消える理由は見当たらなかった。当時も、穴が開くほど確認したのだ。特に落胆はない。ファイルを閉じた秋月は、顔を天井に向けて大きく息を吐いた。武蔵野市ＯＬ殺害事件とは無関係。これは、当時の警察の見解だった。久しぶりに資料を読み返した秋月も同意見だった。

では、失踪の理由はどこにあるのか。

捜査一課の刑事が忽然と姿を消したことで、警視庁は多くの人員を投入して捜索に当たった。ただの事故だったのなら、なんらかの証拠が発見されるはずだが、結局、物証はなにひとつ出てこなかった。

残る可能性は二つ。自らの意思で誰にも覚られずに失踪を遂げたか、もしくは、誰かの手によって存在を消されたか。

武蔵野東警察署の道場から出ていった時刻以降、数台の防犯カメラに倉持の姿が映っていた。しかし、その後の足取りを掴むことはできなかった。

なんらかの理由で、倉持が望んで失踪したケースについて考えを巡らせる。武蔵野市は、二十三区内に比べると防犯カメラの数は少ない。ただ、それでも長距離を移動すれば、必ずどこかのカメラに映っているはずだ。最後に防犯カメラに映っていたのは、武蔵野東警察署を出て徒歩十五分ほどの場所だった。

また、真夜中だったため、車の交通量は少なく、タクシーなどのドライブレコーダーの映像を掻き集めても、手掛かりを得ることはできなかった。

結局、不審人物も見つからず、事件性はないという結論に達し、失踪ということで片付いた。

しかし、こうして秋月が再調査に乗り出すことになった。きっかけは、警視庁に匿名《とくめい》の電話がかかってきたことだ。

公衆電話からかかってきた電話の声はくぐもっていたが、男だということは判別できた。男は、五年前に起きた倉持の失踪について、他殺の可能性があるということを告げた。根拠も挙げず、名乗らずに電話は切れた。

普通なら、悪戯《いたずら》電話として片付ける類《たぐい》のもの。ただ、事件性がないと断定された倉持の失踪について言及した点、そして、警視庁捜査一課直通の電話にかかってきたことで、無視はできないと判断された。この電話番号は、警察関係者しか知らないものだった。

その結果、捜査員一名を派遣することが決定し、志願した秋月が選ばれ、通常業務から外された。

電話をかけてきた男は特定できていないが、本当に、他殺なのだろうか。もしそうなら、真実を明らかにしたい。

倉持との思い出が、頭の中を駆け巡る。楽しかった思い出。美しかった記憶。それらは、もう二度と味わうことができないのだ。

涙腺《るいせん》が緩み、目の表面に涙の膜が張る。

不意に扉をノックする音が響いた。身体を震わせた秋月は、顔を上げる。会議室の扉が開き、榎木が現れた。

「お邪魔して、すみませんねぇ。そろそろ、倉持さんが失踪したとされる現場に行こうと思うのですが」

秋月の腰の辺りをじっと見ながら榎木が告げた。

秋月は、腕で視線をガードしつつ時計を確認する。会議室に入って、一時間以上が経過していた。

倉持が失踪した件についての調査は、通常の捜査とは異なるので、所轄の人間とペアを組む必要はない。そもそも、失踪場所は把握している。しかし、榎木は五年の間で景色も様変わりしているから案内すると言ってきかなかった。今さら現場を歩いたところで新しい発見があるとは思えない。

ただ、視点は多いほうがいいのは事実だ。


最初に向かった先は、武蔵野東警察署から南へ十五分ほど歩いたところにある堀合《ほりあわい》遊歩道だった。そこは、最後に倉持の姿が防犯カメラに映っていた場所だ。

かつて、武蔵野競技場線という鉄道路線があり、その跡に造られた遊歩道。桜並木が並行し、緑道が玉川上水《たまがわじょうすい》へと続いている。倉持が失踪してから、何度も足を運んだ。

景色は五年前とまったく変わっていなかった。

「……暑いですねぇ」

様変わりしているという事前情報を告げた張本人のほうを見ると、何食わぬ顔で遊歩道を歩いていた。散歩をしているような気楽さで、いつの間にか缶ジュースを片手に持っている。今にも、口笛を吹き出しそうだ。

その様子を見て、同行したいと申し出た理由が分かった気がする。今回の調査に同行すれば、警察署を抜け出すことができる。要するに、サボりたかったのだろう。

「ここに映っていたのが、最後ですね」

榎木が上方を指差す。

そんなことは百も承知だったが、口には出さなかった。

防犯カメラは、堀合児童公園の出入り口付近の街灯に設置されていた。遊歩道を横切る倉持の姿が残っていた。暗い夜道を、一人きりで歩いている。ほかに、不審な人物は映っていなかった。照度が足りなかったため、顔は個人を識別できる程度で、表情までは判断できなかった。

倉持が失踪してから、秋月は何度も映像を確認した。軽装で荷物も持っていない。逃避行を目論《もくろ》んでいるふうには見えない。そもそも、倉持と秋月は、翌月に旅行の計画を立てていたのだ。すでに代金も支払っていた。消えるつもりならば、そんなことをするはずがない。

どうして、夜中にここを歩いていたのか。どこへ消えてしまったのか。

「失踪として処理されてから」榎木が言葉を続ける。

「新しい目撃証言は入ってきていませんね」

その声が遠くから聞こえてくるようだった。頭が痺《しび》れる。否応《いやおう》なしに、倉持との記憶が蘇《よみがえ》る。困ったような笑みを浮かべる倉持。誰からも好かれ、信頼されていた。悔しさと悲しさが胸を衝き、呼吸がしにくくなる。

「次、行きましょう」

記憶を振り切るように言った秋月は、顔を見られないようにして歩き出した。

次に向かったのは、正体不明の男が警視庁捜査一課の直通に電話をかけた公衆電話だ。堀合遊歩道から徒歩で十分ほどの距離にある西久保《にしくぼ》公園には、今も公衆電話が設置されていた。携帯電話が普及した世の中にあってはほとんど利用者はいないが、災害時などは優先的に繋がる傾向にあるため、防災の観点からも残されている。

誰からも顧《かえり》みられなくなった遺物のように佇《たたず》む公衆電話。二十日前、ここから正体不明の男が捜査一課に電話をかけた。指紋や掌紋、唾液の類は採取できなかった。また、この周辺には防犯カメラが設置されていないため、映像も残っていなかった。

謎の男。分かっているのは、捜査一課の直通番号を知る人物ということだ。つまり、警察関係者、もしくはその家族。知人も知る機会があるかもしれない。現時点で、電話をかけてきた男が警察内部にいるかどうかの調査はされていなかった。ただ、秋月の調査の結果によっては、身内を疑い、電話の主を捜すことになるだろう。

「電話をかけた奴ですけど、もっと早くここに到着できていれば、なにか摑めたかもしれないんですけどねぇ」

天気の話でもするように気の抜けた調子で榎木が言う。

秋月は、薄くなった後頭部を睨んだあと、視線を電話機に移した。

公衆電話の逆探知は容易だ。

電話を受けた捜査一課の人間は、内容については半信半疑だったものの、武蔵野東警察署に連絡し、現場の確認をさせた。電話から十五分後の午前二時。近くの交番に勤務する警察官が周囲を捜索したが、すでに人影はなく、手掛かりも見つからなかった。

「ここから電話があったから、倉持さんの失踪の再調査が決まったんですよね」

榎木は、すでに説明した事実を再度確認してくる。

「そうですけど、なにか疑問があるんでしょうか」

秋月の言葉を受けた榎木は、奇妙な間を置く。

「……いや、よく、そんな電話だけで、捜査一課の方が動いたなと改めて思っただけです」

場にそぐわない満面の笑み。目の前の男が、なにを考えているのか全然分からなかった。

倉持の失踪の件は異常事態だ。結局、事件性なしという一応の決着はついていたものの、その結末に首を傾げる同僚も多かった。失踪から五年。倉持がどうして消えたのかという思いは、いまだ捜査一課内で燻《くすぶ》っていた。そして今回、匿名の電話がかかってきたことで、再び捜査をすることが決定した。

動くには乏しすぎる根拠。ただ、捜査一課は些細な動きだけでも十分だと考えていた。警察は、身内意識が強い。同僚が事件に巻き込まれたのなら、解決するために全力で動く。

「電話をしてきた男。倉持さんが消えたことについて、なにか知っているんですかねぇ」

分かるはずがないではないか。無意味な質問だと思う。

「……分かりませんが、わざわざ倉持の失踪について告げてきたということは、それなりの理由があるはずです。悪戯にしては、地味な件ですから」

失踪を地味と言うのは問題があるだろうが、的を射ていると思った。

倉持の件は、あくまで失踪であり、事件ではない。殺人事件の捜査中に捜査員が消えたことは、それなりに注目され、マスコミ各社も報道した。武蔵野市ＯＬ殺害事件に関連があると書く紙面もあれば、過去の事件で逮捕された犯人の逆恨みによるものだと根も葉もないことを書き連ねたところもあった。

しかし、事件性がないと発表されるとトーンダウンし、関連記事は消えていった。

「地味……たしかにそうですね。まぁ、その地味さゆえに、信憑性はありますがねぇ」

榎木は、目の下の垂《た》れ下がった皮膚を手でなぞって口元を綻ばせた。

武蔵野東警察署に戻った秋月は、榎木と別れて地下に向かう。

〝書庫〟と書かれたプレートが貼られた扉を開け、中に入った。明かりは点いたままだった。黴の臭いが充満する書庫は、時間が止まっているかのように静まりかえっている。

バッグを床に置き、等間隔に並ぶ棚を眺める。どこから手をつけるべきか。

匿名電話をかけた人物の特定が、もっとも有効なのは間違いない。ただ、どうすれば辿《たど》り着けるのか、皆目《かいもく》見当がつかなかった。

課長からは、なにかしらの成果を持って帰れという指示しか出されていない。ともかく、きっかけを探さなければならない。まずは、武蔵野東警察署管内で発生した事件の資料を読み返そうと考えた。

倉持は殺人犯捜査二係に所属していた頃、武蔵野市ＯＬ殺害事件を含め、合計三回、武蔵野東警察署の帳場《ちょうば》に派遣されていた。捜査中に、なにか恨まれるようなことがなかったか。その可能性については失踪当時に重点的に捜査され、関係なしという結論が出された。

ただし、見落としはあるかもしれない。今回の調査は時間に余裕がある。可能性がゼロではない限り、一つずつ潰《つぶ》していくつもりだった。

棚から箱詰めされた資料を取り出し、書庫の隅にある長机に置く。

経年劣化によって、ときどきちらつく蛍光灯の下で資料を読み込むことにした。まずは、倉持が所属していた殺人犯捜査二係が駆り出された事件を中心に調べる。ただ、これらは五年前に重点的に洗い出されていたので望み薄だ。今回は、倉持が派遣された三件の事件に出てくる人間が、別の事件に登場していないかを確認するつもりだった。どこでどう繋がっているのか分からない。根気のいる作業だったが、苦にはならなかった。

指でなぞりながら文字を追い、人物名をすべてノートパソコンに打ち込む。そして、その名前を記憶していく。もともと記憶力がいいほうではなかったが、警察に入ってから人の顔と名前は覚えられるようになった。見当たり捜査の成果だろう。住所や職業を追記していく。

意味のある作業かどうか自信はなかったが、もし成果がないのなら、この方法が無意味だと確認できる。それも、一つの可能性を潰したという成果だ。

資料をめくり、キーボードを打ち続ける。喉の渇きを覚え、背中を反らしつつ机の隅に置いておいた腕時計を見る。すでに二十三時を回っていた。秋月は、新宿区大京町《だいきょうちょう》のマンションに住んでいる。終電を逃しても、タクシーで帰ればいい。両親と同居していて、家賃はいらなかったし、趣味もないので貯金は貯まる一方だった。立ち上がり、書庫を出る。飲み物を買ってから、きりのいいところまで作業をするつもりだった。

階段で三階に上がり、自販機に向かおうと廊下を歩いていると、刑事部屋が騒がしいことに気付く。中を覗くと、ちょうど榎木が出てきた。

「あ、秋月さん。ちょうど呼びに行くところでした。たった今、通報があったんです」

「通報？」

出し抜けに言われた秋月は混乱する。

「事件ですよ。人が死んでいるみたいです」

「殺人ですか」

「分かりません。それを見極めに行くんです。付き合ってくれますか？　気分転換にもなりますよ」

そう言った榎木は、真贋《しんがん》を見定めるような目を向けてくる。その視線の鋭さに、秋月は緊張を覚えた。

警察車両で向かった先は、東京都水道局境《さかい》浄水場の近くにある二階建てアパートだった。築三十年は経過しているであろう外観で、外壁のモルタルが剥がれ落ちていた。あまり手入れをされていないようだ。

すでにパトカーが一台停《と》まっており、野次馬や、彼らを制止する制服警官の姿もある。榎木は、周囲に視線を走らせている制服警官に挨拶して、アパートに向かう。現場は、どうやら一階の一番奥のようだ。

「お、榎木さん。相変わらずですね」

扉の前に立っていた無精髭《ぶしょうひげ》の男が口元だけに笑みを浮かべる。刑事部屋で見た顔だった。たしか、肥沼和利《こえぬまかずとし》といっていた気がする。

榎木は軽く手を挙げた。

「肥ちゃん、殺し？」

「いや、事故でしょうね」

肥沼の返答を聞く前に、手際よくビニールカバーを足につけた榎木が、ずかずかと部屋の中に入っていく。秋月は後を追った。

玄関を上がるとすぐにダイニングキッチンがあり、四角いテーブルが置かれている。小さなキッチンのシンクには、洗っていない皿が重なっていた。生ごみを長時間放置しているような悪臭がした。間取りは、２ＤＫ。ダイニングキッチンの先に二部屋。遺体は、右側の部屋に横たわっていた。上下黒のスウェットを着た少女だった。仰向けに横たわり、長い髪が、床を這うように広がっている。見開かれた目は、天井を凝視していた。

周囲には、日本酒の瓶や、ビールの空き缶などが転がっている。

部屋中、アルコールの臭いが充満していた。死臭が漂っていないのは、遺体の発見から通報までが早かったからだろう。つい先ほどまで生きていたような状態だった。

検視官が遺体の様子を調べている最中だった。

秋月は、少女の遺体を見る。顔は赤褐色《せきかつしょく》だが、一見して外傷はない。置かれている状況は異常だが、他殺の可能性は低い印象を受ける。先に到着している検視官も、同じ判断なのか、現場に緊張感はない。

「申し訳ない。遅くなった」

背後から澄んだ声が聞こえてくる。

振り返ると、白いブラウスに、ゆったりと幅のあるベージュのパンツを合わせた女性が部屋に入ってきた。ほとんど化粧をしていない顔は白く、透き通っている。背が低いので少女のようにも見えるが、意志の強さを窺《うかが》わせる目や眉は、その人物に凛《りん》とした印象を与えていた。

「ご足労かけてすみません」

肥沼が背筋を伸ばして挨拶する。

「いや、大丈夫。早速確認する」

「かしこまりました。おい、そういうことだ。検視の邪魔にならないようにしてくれ」

肥沼は言い、部屋にいた警察官を追い出した。

検視を行うということは、医師ということか。ずいぶんと綺麗《きれい》な人だなと思う。そして、喋り方が特徴的だった。男のような口調。ただ、板についていた。

秋月が部屋を出ていこうとする。すれ違いざま、女性と目が合う。一切の濁《にご》りがない澄んだ瞳に、鳥肌が立った。一瞬のことだったが、女性が笑みを浮かべたような気がした。

部屋を出ると、榎木が立っていた。視線は、女性に注がれている。舐めるような目つき。

ふと、隣の部屋から男の声が聞こえてきた。

「はい。起きたときには、もう死んでたってゆーか……もう、びっくりして……」

煙草で痛めたような濁声《だみごえ》。声の主は、肌の浅黒い男だった。白髪交じりのぼさぼさの髪を掻きながら、困惑したような表情を浮かべている。

「なにか、物音とかは聞こえませんでしたか」

細い目の男が事情聴取をしている。この男も、刑事部屋で見たことのある顔だった。

「……物音？　いや、聞こえませんでしたけど……」

動揺の中にも、苛立ちが見て取れた。死んだ少女の父親だろうか。そうだとすると、奇妙な印象を受ける。悲しみが感じられない。いきなり親族を亡くして、現実感のないまま呆然《ぼうぜん》としているショック状態でもない。

違和感。

取り調べをしたいという衝動に駆られるが、余計なことをするなと自分を戒める。ここに来た目的は、あくまで失踪した倉持の行方を捜すことだ。

死の淀みに満ちた部屋から出た秋月は、大きく息を吸って酸素を肺に送り込む。日中の熱を含んだ生温《なまぬる》い外気だったが、新鮮に感じた。

「付き合わせたみたいで、悪かったですね」

背後から声をかけられる。振り返ると、肥沼が立っていた。半袖のワイシャツの脇の部分が、汗で変色している。

「榎木さん、事件が起きたら、すぐに首を突っ込みたがるんだよ。しかも、人が死んだ現場ばっかり」

手で無精髭を擦りながら言う。

「人が死んだことに執着する理由があるんですか」

秋月の問いに、肥沼は肩をすくめる。

「ただの物好きだろうなぁ。フェチってやつかな。まぁ、もうすぐ定年だから、好きにさせているんです」

人が死んだ現場に行きたがる。なにか理由があるのだろうか。

「途中から来た女性は、医師ですか」

虚を衝かれたような表情を浮かべた肥沼は、薄笑いを浮かべて頷く。

「夏目塔子《なつめとうこ》先生は、我々がかなりお世話になっている医師」

「検案医ってことですか」

肥沼は首肯《しゅこう》する。

あんな綺麗な医師、そうそういないなと秋月は思う。

死因が明らかでない急性死や事故死した遺体を調べ、死因を特定して死体検案書を書くのが検案医だ。東京二十三区の不自然死については、東京都監察医務院が三百六十五日フル稼働で死体検案書を発行しているが、多摩《たま》・島《とう》しょ地域では、一般の医院の医師などが登録し、検案を行っている。ここ武蔵野東警察署の管轄も、多摩・島しょ地域監察医務業務のエリアだ。

「夏目医院は、検視だけじゃなくて、解剖もやってくれているんです」

その言葉を聞いた秋月は、眉間に皺を寄せる。

変死体が発見されると、警察からの検案要請を受けた登録検案医が遺体を確認する。検案とは、簡単に言えば遺体の表面を見て死因を特定する作業だ。そして、もし死因が分からなければ、遺体を切り開く行政解剖が行われる。このエリアで該当の遺体が発見された場合、その役割は、杏済《きょうさい》大学医学部と東京慈光会《じこうかい》医科大学、そして桜桃《おうとう》医科大学が担《にな》っている。夏目医院は、個人の医院だから、行政解剖はできないはずだ。

「夏目医院は特別なんですよ」

秋月の心中の疑問を汲《く》み取ったかのように、肥沼は言った。

「夏目先生のおじいさんの代から、夏目医院は監察医務業務に協力的でした。もちろん、解剖するための設備も大学病院に負けていません。基本的には行政解剖は大学病院で行われますが、夏目医院でも対応できるようにしているんです。それで、ずいぶんと助かってますよ。夏目先生はまだ若いですが、実績もありますし、大学病院からも評価されているんです」

肥沼の説明を聞きながら、開け放たれた扉の奥に顔を向ける。そこに、夏目の姿があった。少女の遺体を確認している。

視線を移動させ、夏目の手前に立っている榎木の後ろ姿を見る。榎木は、微動だにせず部屋の奥に顔を向けていた。

顔は確認できなかったが、じっと、夏目のことを見ているようだった。

2

翌朝、八時半。

秋月が武蔵野東警察署の刑事部屋に入ると、すぐに榎木が手招きしてくる。悲しみと好奇心が綯《な》い交《ま》ぜになったような表情。

秋月は、ゆっくりとした歩調で向かい、座っている榎木を見下ろす。

「昨日の少女の件ですが、死因が明らかになりましたよ」

そう言いながら、榎木は机の上に置かれた死体検案書を指で軽く叩いた。検案書はコピーされたもののようだ。

高宮千佳《たかみやちか》。氏名の欄に書かれた名前。生年月日を見る。まだ十七歳だった。

「可哀想《かわいそう》に、この子、まだ高校二年生でした。死因は、急性アルコール中毒。中学生の頃から飲酒癖《いんしゆへき》があって、アルコール摂取は常習的だったようです」

高校生が飲酒。それ自体が異常だが、日本酒の空き瓶などが転がっている部屋の状況から見れば本当なのだろう。

ただ、一点、不可解なことがあった。

「あの部屋にいた男、父親ですよね？」

榎木は頷く。

「監督する立場の人間が家にいるのに、子供の飲酒を止めずに見ていたということですか」

「そりゃあ、そういう親もいるでしょうね」

周知の事実であるかのように告げる。

榎木の言うとおりだろう。

刑事になって、色々な人間を見てきた。子供に無関心で、自分のことしか考えない親も多い。この世界が、どんどん嫌なものに思えてくる。

「でも、急性アルコール中毒ってことは、相当酒を飲んだってことですよね。一人で、しかも高校生です。ちょっと不自然な気がしますけど」

「そうですか」妙な間。

「……まぁ、それもそうですね。では、その件について聞きに行きましょう」

明るい声を出して立ち上がった榎木は、机の横に立てかけてあった鞄を手に持った。

「……聞きに行くって、どこにですか」

秋月の問いに、榎木は下卑《げび》た笑みを浮かべた。

「この検案書を書いた、夏目先生に決まってるじゃないですか」

そう言って、刑事部屋から出ていこうとする。独特のペースに苛立ちながらも、秋月は後を追うことにした。

夏目医院は、三鷹駅と吉祥寺駅のほぼ中間にあった。近くに井《い》の頭《かしら》公園があるためか、緑が多い。互いに威嚇《いかく》し、陣地を取り合うように大きな家々が立ち並んでいる。

「ここです」

視線の先を追うと、瀟洒《しようしや》な洋館が建っていた。敷地内に背の高いオリーブの木が三本植えられている。緑が多く、公園の中に家があるような印象を受けた。目隠しの役割もあるのだろう。窓の配置から見ると、二階建てのようだが、異様に高く感じる。〝夏目医院〟と書かれた小さな鋳物《いもの》の看板が、正面玄関前の門に掲《かか》げられていた。かなり長い期間風雨にさらされていたのか、文字が見えにくくなっていた。家の周囲は白壁で囲まれており、玄関付近は鋳物のフェンスになっていた。

開け放しの門を抜け、三段ある階段を上る。

家の大きさに見合った広い玄関ポーチ。すりガラスなので中を見通すことはできないが、どうやら電気は点いていないようだ。休診なのか、それとも、まだ診察時間ではないのか。腕時計を確認すると、九時前だった。

「夏目医院は、診察をしていません」榎木は首筋を掻きながら、欠伸を嚙み殺したような声を出す。

「先代は、週二回くらいはここで診察をしていたんですが、今の夏目先生は、診察はまったく」

医院なのに、診察をしないのか。秋月は、眉間に皺を寄せる。すると、榎木はにんまりと笑みを浮かべた。少しの間。

「不思議に思うでしょう？　夏目先生は、往診を数件しているだけで、あとは、武蔵野東警察署管内で発生した不審死の検視だったり、行政解剖を請け負《うお》っているんです」

行政解剖を請け負っているということは、刑事課の肥沼から聞いた。しかし、診察をしていないとは知らなかった。

「検視や解剖だけでは、医院が成り立たないんじゃないですか」

検視や解剖をするのは、通常の診察をするよりも時間も体力も要する。それに、綺麗な仕事ではない。解剖医が不人気な理由はいくつかあるが、こんな立派な医院があれば、来院してくる患者を診《み》るほうがよっぽど効率がいいはずだ。たしか、検案一件につき、平日なら三万四千円ほど。休日や土曜でも約四万三千円。年末年始は七万円近いが、一般的な開業医の平均収入から見たら微々たるものだ。

「夏目医院は、採算度外視。先代である夏目先生のお父さんも、その前のおじいさんも、検案やら解剖やらを手伝ってばっかりだったようです。まぁ、駅周辺にビルをいくつも持っている資産家らしくて、そちらでもかなりの収入があるようですから、お金には困っていないんでしょうね。羨ましい」

「でも、いくら資産があるといっても、そんな医師がいるとは思えないです」

検視や解剖をする遺体は、綺麗なものばかりではない。時間が経過して発見され、腐敗したものも多い。

秋月は、何度も解剖に立ち会っているが、最初はほとんど直視できなかったし、立ち会い後は、一日食事を摂《と》ることができなかった。今ではある程度慣れたが、それでも、見ないに越したことはないと思っている。検視や解剖は、楽な仕事とは言いがたい。

「まぁ、我々としたら好都合ですけどね」榎木は、片方の頬を釣り糸で引っ張られたような笑みを浮かべる。

「解剖医不足は深刻です。日本で死因不明の異状死のうち、解剖に回される遺体は約十二パーセント程度。アメリカは六十パーセントで、オーストラリアは五十五パーセント。日本は、圧倒的に解剖されない国なんです」

榎木の口調は、淡々と事実だけを述べる。まるで、教科書を音読しているようだった。言われなくても分かっていることだったが、日本は解剖後進国だ。異状死の九割近くが正確な死因を判別されずに荼毘《だび》に付されている。

「では、行きましょうか」

玄関扉を引いて中に入った。電気は点いていなかったが、大きな窓から漏れ入る陽光で、十分に室内は明るい。部屋に配置された調度品は、古いものが多いようだったが、手入れが行き届いている。まるで絵画に描かれた空間のようだった。もしくは、古物を大切にする富豪の家。

秋月は視線を動かす。

海底に沈んでいるかのように、物音ひとつしない。夏なのに、異様に肌寒く感じる。空調のせいだけではなく、この場の雰囲気が、身体を芯から冷やしている気がした。広い空間には、ソファーが数台置かれている。待合室の名残《なごり》はそれくらいだった。

「すみませーん」

突然榎木が声を張ったので、秋月の心臓が跳ね上がった。

「すみませーん。武蔵野東警察署の榎木ですー」

間延びした声が反響する。

やがて、奥から人影が現れた。最初、夏目塔子かと思ったが、立っているのは男だった。

「どうされたんですか」

男は静かな声を発した。

髪はやや長く、前髪は瞼《まぶた》のところまであり、その下にある目は、ナイフで切れ目を入れたような細さだった。Vネックの医療用白衣である白いスクラブを着ており、そこから日に焼けていない白い腕が伸びている。この空間の雰囲気によく似合っているなと思った。

「これはこれは、浅野《あさの》さん。夏目先生はどこにいますか」

浅野と呼ばれた男は、薄い唇を僅かに動かす。

「奥の診察室で、書類作成をしています。呼びましょうか」

「いやいや、それには及びません。我々が伺います」

榎木はそそくさと靴を脱いで、勝手にスリッパを履いて歩き出す。浅野は立ち位置をずらして妨害を試みるが、それを避《よ》け奥へと向かっていった。

「秋月さん。どうしたんですか」

振り向いた榎木が手招きする。

浅野の視線を受けつつ、秋月も靴を脱いで榎木を追った。

診察室に入る。

塔子は椅子に腰掛け、銀色の細いペンを手に握っていた。

「どうしたんだ？　また、遺体が？」

急に押しかけたわりに、塔子は驚いた様子も見せず、僅かに笑みを浮かべていた。

「いやぁ、喜ばしいことに、新規の遺体は発見されていません。実はですね、ちょっとお聞きしたいことがあってですねぇ」

榎木は、勧められてもいないのに椅子に座る。

「昨日発見された遺体……高宮千佳さんの死因、急性アルコール中毒ですよね」

瞬《まばた》きをした塔子は、長い指で支えられていたペンを机の上に転がす。銀色のペンが、硬い音を立てる。

「そうだ。検案書の作成をして、すでに提出済みだ」

綺麗な声。男のような口調。

「その件についてですがね、こちらの秋月さんが引っ掛かりを覚えたと言っているんですよ。ちなみに彼女、本庁捜査一課の刑事です。なにせエリートですから、私よりも刑事の勘ってやつはありますよ」

榎木が指差してくる。

「いえ、そんな……」

突然話を振られ、上手く対応できなかった。

塔子は柔らかな笑みのまま、秋月を見た。

「捜査一課？　捜査本部が立ち上がるような大きな事件、あったのか？」

「いえいえ。秋月さんは、五年前に失踪した同僚の足取りを追うために、専従捜査員としてこちらに来られたんです」

「五年前？」

「そうです。覚えていませんか？　ＯＬ殺しの犯人を追っている最中に失踪した、倉持涼介という刑事です」

倉持のフルネームを聞いた秋月は、心臓が攣《つ》ったような痛みを覚える。今もなお、心の傷は癒《い》えておらず、血が滲んでいた。

「……倉持？　あぁ、あの失踪ですか。たしかに話題になったな」塔子は、ほっそりとした顎《あご》に手を触れる。

「でも、あれは事件じゃなかったと記憶しているが」

「当時は、そうだったんです。でも、ちょっと動きがあったんですよ」

「動き？」

「実は、匿名の電話がありまして。あれは、失踪事件じゃないとかなんとか言ってきたみたいなんです。そうですよね？」

同意を求められる。間違っているわけではないので、頷いた。

「そうか」塔子は呟く。

「それで、その倉持さんのことで、私はなにに協力すればいいんだ」

「いえいえ、違います。今日伺ったのは、昨日亡くなった高宮千佳さんの件について聞くためです。秋月さんから説明してください。さぁ、どうぞ」

大袈裟《おおげさ》とも取れる手振りとともに、話の主導権を投げつけてくる。

よく分からない男だなと思いつつ、秋月は咳払《せきばら》いをした。

「……昨日遺体で発見された高宮千佳さんですが、一人で酒を飲んでいて急性アルコール中毒になるというのは、少し妙じゃないでしょうか。一気飲みを強要されたわけでもないですし、なにより、普段から彼女はお酒を摂取していたということでした。そのことから、極度にアルコールに弱いわけでもないと思うんです」

言い終えて口を閉じる。

塔子は、まるで花でも愛《め》でるような視線を秋月に向け、形のいい唇を動かした。

「急性アルコール中毒になるエタノール血中濃度はおおよそ決まっているが、それも個人差がある。体重や体調にも影響されるし、未成年の臓器は発達途中で、アルコールを分解する力が弱いため、急性アルコール中毒になってしまう可能性は高い。しかも、高宮千佳さんの胃は空だった。解剖はしていないが、立位でレントゲン撮影をすると、重力によって胃内に液面ができる液面形成というものがあって、胃内容物があれば液面形成するが、それはなかった。空腹時のアルコール摂取は吸収を早めるから、たとえ一気飲みなどをしなくても、急性アルコール中毒になることはあるだろう。それに、聞いたところによると、最近彼女、付き合っていた男性と別れたようだ。自棄酒《やけざけ》をしていたのかもしれないな」

そこで一度言葉を切る。相手が話についてきているかを確認するような間を置いてから、再び説明を始める。

「あと、父親から話を聞いたところ、亡くなった高宮千佳さんは、アルコールを摂取するとすぐに顔が赤くなったそうだ。おそらく彼女、ＡＬＤＨ２の働きが弱い体質だったのではないかと推測している。ＡＬＤＨ２は、アルデヒド脱水素酵素の一種で、アルコール代謝の重要な役割を担っている。日本人のＡＬＤＨ２完全欠損者は約十パーセントで、ビール一杯で動悸《どうき》がして失神する場合もある。彼女は、多少はＡＬＤＨ２の働きがあったようだが、かなり働きが弱かったと考えている。その場合、それほど多量に摂取しなくても、急性アルコール中毒になる可能性がある」

塔子の言葉は、医学的見地から発せられたものだ。一介の刑事が、そこに口を挟むことはできない力を持っている。

崩すことのできない、鉄壁の説明だった。

そもそも秋月は、検案をした医師の意見を覆そうと思っているわけではない。

「……そうですか。分かりました」

秋月の言葉に、塔子は理解を示すかのように頷く。

「たしかに、一人で急性アルコール中毒になるような飲み方をするとは考えにくい。ただ、医学的に、あの遺体は急性アルコール中毒で間違いないだろう」

医師による見解と、それを裏付ける検案書。反論の余地はない。

「ご遺族の方からも異論は出ていない」

とどめの一言を発した塔子は、真《ま》っ直《す》ぐな視線を秋月に向けてくる。その目に囚われた秋月は、胸を鷲掴《わし》みにされたような苦しさを覚えた。塔子は心の内側に潜《ひそ》むものを探るような、そんな目をしていた。

　薄い笑み。

　そこでようやく呪縛《じゅばく》から解放された秋月は、やっとの思いで顔を背ける。

　鼻の下を伸ばした榎木が、塔子を凝視していた。だらしない表情を浮かべている。ここに来た目的が透けて見えた。秋月は、上手く出汁《だし》に使われたというわけか。

「でも、秋月さんが疑問に思うのも分かる。同じ家に父親がいて、どうして子供が急性アルコール中毒で死ぬまで無視していたのかと、普通なら考えるから」

　塔子は、ボーンチャイナに僅かな亀裂が入ったような、痛ましい表情を作る。

「えーっと、家族構成を簡単に調べてみました」急に声を張った榎木は、そのままの調子で続ける。

「高宮千佳の父親は、高宮達男《たつお》。五十歳。奥さんは男と逃げてしまったみたいです。離婚は成立していないものの、実質的には父子家庭ですね。まぁ、あの部屋の汚れた状況を勘案すると、あまり子育てに熱心じゃなかったんでしょうねぇ」

「子供がお酒を飲んでいても見て見ぬふりで、隣の部屋で寝ていたくらいだ。いい父親のはずがない」

　塔子の口調は澄んでいた。

秋月は、塔子の顔を見る。

不気味だった。どこか違和感がある。その原因は分からなかったが、気持ちが落ち着かなかった。

再び、塔子が視線を向けてくる。

秋月は、その目に再び搦《から》め捕《と》られ、深く呼吸することができなくなった。

3

これほど、楽しい時間はない。これほど、心が躍る時間はない。正義を遂行し、なおかつ、医学的に価値のある記録を取ることができるのだ。

自然と、口元が綻ぶ。

汚れの一切ない部屋。

壁や天井は白く塗られ、エポキシ樹脂が塗られた床も白かった。部屋の中央付近に、椅子が置かれている。その椅子の下には、布張りの板が置かれており、そこからコードが伸びている。コードの先には、薄いディスプレイが置かれてあった。〝〇〟というデジタル表示がされている。真っ白な影が、板に片足を置く。

〝一〇・二三三〟と表示を変える。

動作に問題はない。今回は、出血を伴う実験ではないので、あまり汚れを気にしなくても良さそうだ。

4

一週間が経った。

武蔵野東警察署の地下にある書庫に連日詰めていた秋月は、霞《かす》む目を擦る。捜査資料といった書類にまみれ、文字の海を掻き分けても、倉持失踪の真相に辿り着くことはもちろん、手掛かりを摑むこともできない状態だった。

午後。コンビニで弁当を買い、署内の休憩室で食べていると、隣に誰かが座った。榎木だった。無言で仕出し弁当をテーブルに置き、割り箸を割る。

「いやぁ、お腹《なか》が空《す》きました。腹が減っては警察官はできませんからねぇ」

間の抜けた声で言った榎木は、ちらりと秋月を見る。その目は、好奇心に輝いていた。

「この前の少女の遺体のこと、覚えていますか？　急性アルコール中毒の」

「……覚えていますけど」

一週間前のことだ。忘れるわけがない。

「あの少女の父親について、少し調べてみたんです」

「……どうして、そんなことをするんですか」

秋月は眉間に皺を寄せる。すでに、急性アルコール中毒と結論付けられ、事件化されていない案件だ。

榎木は、割り箸で硬そうな肉の塊《かたまり》を刺し、口に運ぶ。

「ちょっとした興味からです。まぁ、定年退職するまでの暇潰しだったんですが、面白いことが分かったんですよ」

そう言ったきり、黙り込んでしまう。白米に醬油をかけ、コロッケを箸で潰して混ぜ合わせ、掻き込む。

「なにが、分かったんですか」

秋月の問いに、榎木は咀嚼音《そしやくおん》を立てながら頷く。

「死んだ子の父親、あれは典型的な駄目男ですね。近隣からの評判も悪いですし、子育てなんて一切せず、ネグレクトだったようです。そりゃあ、娘もグレて酒を飲んだり煙草を吸ったりしますよね。彼女、過去に三度、泥酔しているところを補導されています」

非行に走った少女が、空腹の状態で自棄酒を飲み、急性アルコール中毒を起こして死亡。それまでの素行に鑑《かんが》みれば、今回の結末に違和感はない。

「高宮達男は職を転々としていて、今は無職です。周囲の人間から金を借りたりしていたようです。ギャンブルや風俗で散財。消費者金融からも、二百万円ほど借り入れていました。それに、複数の女と付き合っていたようですよ。まったく、けしからんですね。酒と女は二合までって言うじゃないですか。あ、今の、酒の二合と、女の二号を掛けたんですよ」

そう言った榎木はゲップをしたあと、顔を近づけてきた。口から、シュウマイの臭いがした。

「金を借りるのも限度がありますから、最近は首が回らない状態だったらしいですね。それなのに、一人娘に生命保険を掛けていたみたいですよ。自分には掛けていないくせにです」

生命保険という言葉に、秋月は目を細める。自分になら分かるが、子供だけに生命保険を掛けるのは通常あり得ない。

「満額でも五百万円下りるくらいの掛け金でしたけど、あの男の状況なら、ずいぶんと助かるんじゃないでしょうかね」

「その生命保険、下りるんですか」

「そりゃあ、下りるでしょうねぇ。急性アルコール中毒だと証明する検案書もありますし、事故死ということで処理されていますから。急性アルコール中毒で死んでも免責になる保険が多いですが、高宮千佳に掛けられていた保険は、支払い対象だったようですね」

いくら状況が不自然でも、医師の判断に保険会社も口を挟むことはできない。当然だが、医師がシロといえば、シロなのだ。

今回の件は、事故死。そう思ったところで、榎木が、泡が弾《はじ》けるような軽い笑い声を上げた。

「実はこれから、夏目医院で行政解剖があるんですが、見に行きますか?」

悪戯を思いついた子供のような顔をして続ける。

「執刀は、もちろん夏目先生です」

その言葉に、感情が突き動かされた。

夏目塔子。榎木が言うように、親が子に生命保険を掛けていたという事実が本当ならば、事件性を疑う根拠にはなる。塔子の解剖の実力を見ておいて損はないだろう。不審死の遺体のどこを見ればいいのかという研修を受けていたので、最低限の知識はあった。もし、塔子の能力に問題があれば、今回の検案書が間違っている可能性だってあるのだ。

それに——。

塔子が秋月を見つめた、あの瞳。あの目が、なにを物語っていたのか。それを確かめたかった。


武蔵野東警察署から夏目医院までは、歩いて二十分ほどかかる。捜査車両に空きがなかったので、徒歩で行くことにした。茹《う》だるような暑さの中、夏目医院に到着した頃には、全身汗で湿っていた。前を歩く榎木にいたっては、まるでバケツの水を頭からかぶったような濡れ方だった。薄くなった髪が頭皮に貼りついている。蟬《せみ》の大合唱が耳障りだし、車からの排ガスの臭いが不快だった。

正面玄関から建物内に入る。

その途端、身体が震えた。まるで、背中に冷水をかけられたようだった。急激に、体温が低下していく。空調によるものだけではなく、悪寒を誘う〝モノ〟が漂っているような気がして、身体の芯から冷たくなった。

すでに吸水力を失ったハンカチを鞄に押し込んだ榎木は、大きく息を吸った。今まで水中にもぐっていたかのようだ。

物音を聞きつけたのか、奥の闇から男が現れた。たしか、浅野という名前の、亡霊のように存在感の薄い男。前回と同じ、白のスクラブを身にまとっている。

「もう始まっています。こちらです」

浅野に案内される。

待合室を抜け、廊下を進む。その途中、大量の本が置かれた書庫のような部屋があり、そこに、一人の少女が立っていた。制服姿で、ボブカットの髪は、自然な茶色をしていた。手に、分厚い本を持っている。

「あ、夏帆《かほ》ちゃん」

立ち止まった榎木が声をかけると、夏帆はやや迷惑そうな顔をしながら会釈《えしゃく》する。背は高く、顔も小さい。

「彼女、夏目夏帆ちゃん。夏目先生の妹さん。高校生ですよ。可愛《かわい》いでしょう？」

再び廊下を歩きながら榎木が言う。自分の手柄であるかのような口調だった。

夏目夏帆。苗字《みようじ》と名前に、〝夏〟の字が使われている。珍しいなと思った。

ようやく、突き当たりに辿り着く。大きな扉があった。すべてを拒絶するような重厚さだった。

浅野は、扉の横にある棚からマスクを取り出し、差し出してくる。準備が整ったことを確認するような視線を向けてきた浅野は、一度頷いた。

鉄製の扉が、音もなく開いた。浅野に続き、秋月が中に入る。

思わず立ち止まった。

そこは、純白の世界だった。天井も壁も白く、白色のエポキシ樹脂を塗られた床は、姿が反射するのではないかと思うほどに磨きあげられている。

決して、すべてのものが白で統一されているわけではない。血液や水が溜まらないように溝が設けられたステンレス製の解剖台は白ではない。ただ、部屋の中に存在する色のほとんどが白だった。その光が強烈すぎて、すべてが白く見えてしまう。

その中に、白衣を着た塔子が立っていた。

「続ける」

そう告げた塔子は、再び解剖に取りかかった。

浅野はカメラを持っており、また、立ち会いの刑事もいた。武蔵野東警察署の肥沼だった。

輝きを放つ器具で、遺体の皮膚を引っ張る。鎖骨下切開されているところだった。

遺体は、中年男性。かなりの肥満体形だった。死亡から時間が経っているのか、死後硬直が進み、脇腹に紫斑《しはん》が見られる。循環を止めた血液が重力によって沈殿《ちんでん》した結果だ。おそらく背中にも、広範囲に紫斑が見られるだろう。空調や排気口から、低い唸り声のような音が発せられている。思った以上に、解剖室の環境は良かった。

「ここの設備、大学病院の解剖室と同等の機能を備えているんですよ」隣に立っている榎木が言う。

「バイオセーフティレベル3の感染症対策が施されています。この設備、いったいいくらかかったんですかねぇ。あ、さすがに、ＣＴやＭＲＩの設備はないみたいですけどね」

感慨深そうな声。その横顔を見ると、額から汗が流れており、眼鏡が曇り、マスクも濡れていた。

視線を解剖台へと戻す。

塔子の手によって遺体が切り開かれ、浅野がそれを補助している。淡々と作業が進む。

感情を一切排したような手つき。動きは滑《なめ》らかで、官能的ですらあった。マスクやゴーグルをしているので表情は読み取れないが、解剖をしているというよりも、丹念に食材を調理しているように見える。

「今捌《さば》かれている人、一昨日の朝に通報があって発見されたんです」

榎木が身体を寄せてきたので、一歩横にずれて離れる。それにも拘らず、榎木は再び近づいてきた。もう一度離れることを試みるが、結果は同じだった。おそらく、どこまででもついてくるだろう。秋月は抵抗を断念する。

「通報者は、この男性の奥さんです。朝起きたら、隣にいる旦那が死んでいたなんて、さぞびっくりしたでしょうねぇ。急性心臓死……まぁ、突然死なんでしょうかね。なんか、いつもは鼾《いびき》をかかないのに、昨晩は大きな鼾をかいて、一度は悲鳴のような声を寝ながら発していたようですよ。死んでいるのを見つけた当初、口からはピンク色の泡が出ていたみたいです。警察が来る前に、奥さんが拭ってしまっていましたけど」

普段はかかない鼾に、悲鳴のような声。そして、ピンク色の泡。

「遺体に不審な点があったんですか」

「なかったですね」

榎木は、あっさりと言う。その口振りからは、事件性はないように感じる。

だとしたら、この状況は妙だ。

「これって、承諾解剖ですか？」

秋月は疑問を投げかける。

通常、犯罪の疑いが薄い遺体が発見された場合、警察医による検案が行われるだけだ。検案では、外表の観察や検査をし、場合によっては、CT、MRI撮影や、体液の採取も認められている。伝染病などといった〝公衆衛生向上などの観点〟から解剖すべきだと判断された場合を除き、検案のみで遺族に遺体を返し、死体検案書が作成される。だが、目の前の遺体は解剖されている。

解剖の必要性があると判断されたのだろうか。

「調査法解剖ですよ」

「……調査法解剖」

しきりに指で眉間を擦る榎木の言葉を繰り返す。

「司法解剖だと、裁判所から鑑定処分許可状を取らなきゃいけないでしょう？　犯罪の疑いがあるとまでは言えないですから、新法解剖で無理やり切り開かせたって感じですね」

死因・身元調査法による新法解剖は、承諾解剖と違って遺族の承諾は原則不要で、犯罪の可能性が高くない場合にも警察署長などの指示で解剖ができる仕組みだった。

「不審な点、なかったんですよね」

「そうなんですが……勘、でしょうかねぇ」

歯切れの悪い話し方で、曖昧な回答をする。

秋月は、開いた口が塞《ふさ》がらなかった。勘を根拠にして解剖をするなど、聞いたことがなかった。解剖の費用は公費で、国と都道府県が半分ずつ負担する。つまり、タダでできるわけではなく、勘などといった不確かな理由が認められるはずがない。

これも、以前に肥沼が言っていた、定年前の榎木の娯楽なのだろうか。

「私も、解剖を望んだから署長に進言した」

解剖台のほうから声が聞こえてくる。塔子だった。全身白の装い。そこに、花のような血の赤が咲いている。作業の手を一旦止め、顔だけを向けてきていた。

「……それは、なにか理由があったんでしょうか」

秋月は、目を伏せ気味にして問う。前回会ってから、塔子に対して苦手意識を抱いていた。理由は分からないが、近づいてはいけないという気がした。

「検案時は、急性心不全だろうと思った。就寝中の甲高《かんだか》い鼾は、心停止によって脳虚血が起き、舌が喉に落ち込んだからだろう。悲鳴のような声を上げるのも、突然死の際に見られる兆候。そして、口からピンク色の泡を出しているのは、急性左心不全による肺水腫《はいすいしゅ》のために起こったと考えられる。外傷もなく、特に違和感のない遺体だった」

塔子はまるで、これから言うセリフを効果的に聞かせようとするかのような間を作る。

「でも、これはすべて奥さんの言い分によるものだ」

急に、声が冷気を帯びたようだった。その変化に、秋月は身震いする。

「甲高い鼾、悲鳴、ピンク色の泡。これらの事象を、第三者は確認していない。もし、奥さんの言葉がすべて嘘だった場合、この男性の死因は急性心不全ではなくなる。本当の死因はなんなのか。それを知るためには、解剖をしなければならない。奥さんからは、解剖の同意を得られなかったが、調査法解剖には、遺族の同意は不要だから」

「……ですが、それだけでは、他殺を疑う根拠にはならないと思うのですが」

息苦しさを覚えながらも、秋月は言う。

塔子から、微《かす》かに息が漏れるような音が聞こえてくる。マスクをしているものの、笑っているのが分かった。

「今に分かる」

そう言った塔子は作業を再開する。だが、すぐに手が止まった。

「これだな」

指を差された男の身体の中を、恐る恐る覗き込む。

肺が蒼白《そうはく》になっていた。これはいったい、なにを意味するのだろうか。

塔子と浅野は、男の身体の表面をくまなく観察し始める。二人は、男の濃い体毛を手で掻き分けていく。なにかを探しているようだった。

「先生、ここにあります」

手を止めた浅野が言う。男の脛《すね》に、小さな赤い点があった。

「他殺で決まりだ」

塔子の言葉に、ずっと黙っていた肥沼が顔を上げた。

「詳しく教えてください」

促された塔子は、脛の写真を取っている浅野を一瞥《いちべつ》してから口を開く。

「この赤い点は注射痕。静脈に空気を注射すれば、その空気が肺循環に流入するが、その空気が多量の場合には、肺が蒼白になり、左心房には血液ではなく空気が送り出される。その結果、左心房は空虚となって急死する。つまり、この男は、急性心不全ではなく、殺された。間違いなく」

塔子は、横たわっている男の額を、指で軽く叩いた。

「注射を静脈に刺して、空気を送る」顎に手を置いた肥沼が呟く。

「素人にできないわけじゃないが、技術がいるな」

「奥さんは、看護師ですよね」

榎木の指摘に頷いた塔子の目が、悲しそうに細められた。

「でも、あの奥さん、事情がありそうだから、あまり強く言わないほうがいい」

同情を滲ませる声。その言葉を、秋月は不審に思った。

後日。死んだ男の妻が犯行を認め、逮捕された。

5

秋月は、まるで無菌状態を保っているような診察室にいた。

夏目医院。実際にはここで診察は行われていないので、診察室というのは語弊《ごへい》がある。それでも、見た目は診察室そのものだ。

榎木に連れられ、秋月はここに来た。当の本人は、頬を緩ませ、だらしない顔になっている。仕事にかこつけて、塔子の美貌《びぼう》を見に来たのは明白だった。榎木は頭から頬へと滴《したた》る汗を拭い、手を払う。磨かれたように光る床に、汗が落ちた。それを、塔子は一瞥してから、すぐに視線を戻していた。

「いやぁ、ここは涼しくていいですねぇ。エアコンの涼しさというよりも、なんかこう、幽霊というか、心霊スポットに行ったときのような感覚というか」

たしかに、この建物は涼しい。やや肌寒いほどだ。巨大な空間を冷やす電気代は、どのくらいかかっているのだろう。

塔子は柔らかな笑みを浮かべた。

「私も昔から不思議に思っていたんだ。外はあんなにも暑いのに、部屋の中がこんなに涼しいなんて変だとね。この家、冷房がないからね」

その言葉を聞いた秋月は、恐怖心に鳥肌を立てる。体感温度が急激に下がっていくような気がした。

「またまたご冗談を。天カセ、付いてるじゃないですか」

榎木はそう言って、天井を指差す。たしかに、埋め込み型の天井カセット形四方向のエアコンが付いている。

「先生は美人の上にお茶目で、さらにスタイルも抜群。私、先生に会って初めて警察官になってよかったと思っていますよ。先生レベルの美人と話すとなったら、銀座の高級クラブとかに行かなきゃいけませんからねぇ」

嫌らしい笑み。それを見ていると、嫌悪感すら覚える。定年前から色惚《いろぼ》けが疑われる榎木に軽蔑《けいべつ》の眼差《まなざ》しを送りつつも、秋月自身、塔子に会いたいと思っていた。

質問があった。

「先生のおかげで、犯罪を見逃さずに済みました」

秋月が言うと、塔子はアーモンド形の目を向けてくる。

「私は、ただ仕事をしただけだ」

平淡な語調。謙遜している様子もない。なにを考えているのか読めない。

「その仕事が、誤った判断を正したんです」

そこで一呼吸入れて、本題に入る。

「……一つ気になったのは、解剖して死因を特定したとき、奥さんを庇《かば》ったのは、なぜでしょうか」

「庇った？　そうだったか？」

本当に心当たりがないような表情。とぼけているわけではないようだ。

「事情がありそうだから、あまり強く言わないほうがいい。先生は、そうおっしゃっていました」

一言一句違《たが》わずに告げる。殺人を犯した相手に対し、投げかける言葉ではない。なにか、理由があるはずだ。

「庇ったつもりはない」塔子は柔和な笑みを浮かべる。

「検視をしている際、奥さんは近くにいた。そのとき、彼女の様子が変だと思わなかったのか？」

言葉を投げかけられた榎木は、きょとんとしたあと、弱ったような顔をして額を掻いた。

「……いやぁ、どうでしたかねぇ。臨場したときに奥さんを見ましたが、突然のことで怯《おび》えているようでしたけど……あとは、打ちひしがれていた気がしただけですねぇ」

下唇を突き出して考え込んでいた榎木だったが、それ以上の感想は出てこないようだった。

秋月はその現場にいなかったので、当然状況は分からなかった。なにかが、あったのか。

「奥さんの目元あたりには痣《あざ》があった」

その言葉に、榎木は腕を組んで唸った。

「……そうでしたっけ？」

塔子は頷く。その仕草が、どこか浮世離れしていた。

「そうだ。コンシーラーで上手く隠しているようだったが、あの痣は、人に殴られてついたものだ。それに、あの怯え方は、夫が突然死したときの様子にはそぐわないし、どこか安心したような表情を浮かべていたのも妙だった」

「……そう言われてみれば、たしかにそんな印象も受けましたねぇ」

榎木は腕を組み、高い天井を見上げた。本当に思い至ったのか、それとも知ったかぶりなのか、秋月には分からなかった。

妻は暴力を受けていた。そして、暴力を振るっていたのは夫だった。DVに耐えられなくなった妻は夫の殺害を決意し、眠剤を入れたアルコールを飲ませたのち、注射で空気を注入した。看護師なので、ある程度の知識を持っており、急性心不全と判断されるように虚偽の証言をした。

妻が自白したときに語った内容だ。

そして、塔子が解剖をしなければ、急性心不全として処理されていただろう。榎木いわく、妻の様子に不審な点はなかったようだ。

刑事も見抜けない心の機微を、塔子は見抜いたということか。榎木の能力不足も考えられるが、現場にはほかの警察官もいたはずだ。その全員が、妻の様子を不審に思わず、目の前に座る塔子のみが気付いた。

その観察眼に、秋月は感心する。

「先生はすべてお見通しというわけですね。奥さんが旦那さんに暴力を振るわれていたのも」

榎木は、太鼓腹を手で擦る。

「暴力を振るった相手に確証はなかったが、状況から、おそらくそうだろうなとは思っていた」

塔子は、口元だけを微笑《ほほえ》みの形にする。そして、無感動な目で、不意に秋月を見た。

「奥さんは、仕方なく相手を殺したんだよ」

後頭部を殴られたような衝撃を受けた秋月の視界がブレる。心臓が肋骨《ろっこつ》を叩くように激しく動いていた。

身体が硬くなり、冷や汗が背中を濡らす。唇の震えを抑えることができなかった。

——仕方なく相手を殺した。

どうして、この言葉を秋月に向かって言ったのか。知られたくない過去を、知っているのか。それならば、どこまで知っているのか。問いたい気持ちもあったが、それよりも、恐怖心が勝った。知っているはずがない。強くそう思ったが、視界が揺れているような錯覚に陥る。

「なるほど、それでこの前、奥さんを庇うような発言をしたんですねぇ」

榎木は、呑気《のんき》な声を発する。その調子に救われた秋月だったが、眩暈《めまい》と悪寒が同時に襲ってきており、背中を冷たい汗が伝っている。

塔子は、そんな秋月の様子を楽しんでいるようだった。やがて、視線を榎木に戻す。

「庇ったという表現は適切ではないな」

「ですが、どんな理由があろうと、人を殺すことは正当化できません」

一度言葉を切った榎木は、不思議な間を置いてから、再び口を開く。

「……それでも、奥さんは悪者ではないと、先生は思ったんですね」

探るような視線。いったい、なにを見ようとしているのだろうか。

それに、榎木の口調も妙だった。今まで聞いた中で、もっとも刑事らしい鋭さがある。

「解釈はお任せする」塔子は多少、うんざりした様子だった。

「申し訳ない。そろそろ、書類の片付けをしたいのだが」

机の上に置かれた小さなデジタル時計を見ながら言い、面談が終わった。

6

桜桃医科大学医学部は、武蔵境《むさしさかい》駅が最寄り駅だった。

三鷹駅で電車を待つ。武蔵境駅は快速などが停まらないので、各駅停車を待ってから電車に乗り込んだ。過剰とも思えるくらいに冷えた車内で汗を乾かす。

電車を降り、再び灼熱《しゃくねつ》の外界に身をさらしつつ、十分ほど歩く。アスファルトが新しくなっている箇所がところどころあった。なにかを掘り返したのか、それとも、補強なのか。

桜桃医科大学医学部が入る建物に到着する。

正門をくぐり、大学構内を歩く。談笑する学生たちの横を抜け、白い外壁の建物に入った。中は吹き抜けになっていて天井が高い。大きな窓から陽光が入り込んでおり、明るい雰囲気だった。ペンキのような臭いが微かにする。最近改修工事をしたのだろうか。

目的の場所は地下一階にあった。廊下を進む。大学教授の研究室が並ぶ。それを目で追いつつ、捜していた名前を見つけて立ち止まった。五十嵐啓志《いがらしひろし》。肉眼解剖学部門名誉教授という肩書もついていた。

白い扉をノックすると、すぐに返事があった。中に入る。椅子に座る男は、机に覆いかぶさるような格好をして、本を読んでいた。机の上は雑然としている。

牛蒡《ごぼう》のように細くて背は低く、浅黒い肌。一見して中学生くらいに見えなくもないが、髪には黒と茶色と白が入り交じっていた。年齢は、七十代半ばだと記憶していたが、老人のような雰囲気はない。そのまま、老練な侍として時代劇に出演できそうだった。

「五十嵐先生。ご無沙汰しています」

秋月は挨拶する。

頭を上げると、五十嵐の視線にぶつかった。寝不足なのか、目が赤かった。

「うん。どうぞ座って」

机の前に置かれた応接ソファーを指差す。ソファーの上には本が散乱しており、座るスペースがなかった。秋月は、必要最低限の本をどかして腰を下ろす。

「元気そう……とは言えないな。少し疲れているようだね。しっかりと寝ないと駄目だよ。睡眠をおろそかにすると、身体のあらゆる箇所の劣化の速度が早まるからね」

高い声。目を瞑《つむ》れば、女性が発しているかと聞き間違えてしまうほどの高い音程。

「気をつけます」

言いつつ、武蔵野東警察署に来てから、よく眠れていないなと思う。

「先生も、お忙しいとは思いますが、しっかりと寝てください。私以上に、寝ていないご様子ですよ」

充血した瞳を見ながら言う。

「まぁ、貧乏暇なしというやつかな」照れ笑いを浮かべながら続ける。

「秋月君に最後に会ったのは、いつだったかな……」

五十嵐は、薄い唇を曲げながら顔をしかめる。

「小金井《こがねい》市で起きた事件です」

「ああ、そうか」

頷いた五十嵐は、手をぽんと叩いた。

桜桃医科大学は、武蔵野市のほかに、小金井市、西東京《にしとうきょう》市、府中《ふちゅう》市、稲城市の変死体の解剖を担当区域としていた。秋月が五十嵐の解剖に立ち会ったのは、一年ほど前に小金井市で起きた刺殺事件だった。その事件では、凶器として使われた刃物が焦点となった。傷跡の長さから、刃物を推定することは難しい。刺したときと抜いたときが、まったく同じ場所を通過するという理想的な刺創《しそう》はほとんどない。ズレが生じるのが普通である。どのくらいのズレが生じているのかは、多くの条件を考慮した上での判断が必要となる。的確な診断を下すためには、多くの経験が必要だ。五十嵐は百戦錬磨《ひやくせんれんま》。まさに適任だった。

秋月は、五十嵐の解剖に何度か立ち会っているほか、管轄外の事件に対する意見を聞いたことも一度や二度ではなかった。

「今日はどうしたの？　妙な遺体でも出た？」

「いえ、そういうわけでは……」

そう言った秋月は、言葉を切る。わざわざ約束を取りつけ、これから訊ねようとしていることを考えると、自分の行動が滑稽《こっけい》に思えてきた。それでも、今抱えている不安を解消したかった。

「この前、夏目医院の夏目先生の解剖に立ち会いました」

五十嵐の眼球が上を向き、すぐに元に戻る。

「最近、捜査一課が出張《でば》ってくるような案件、あったっけ?」

「それは、ちょっと事情がありまして……」

榎木に連れて行かれるがまま、成り行きで解剖に立ち会った。そんな説明をすることが嫌だったので言葉を濁す。五十嵐も、それ以上は聞いてこなかった。

「夏目先生の解剖、すごいでしょう」笑みを浮かべた五十嵐の顔に、深い皺が刻まれる。

「若いのに、しっかりしているし。医大を出てから海外留学して解剖学を学んで、あの医院を継いだんだよ。正直、我々医大でも受け入れられるご遺体は限られているし、夏目先生の存在には助けられているんだ」

「どうして、解剖なんでしょうか」

秋月は疑問を吐露《とろ》する。ただでさえ解剖医は人気がないし、そのことを裏付ける十分な理由もある。代々、夏目医院は多摩地域一帯の検案や解剖を手助けしていたので、たんにその役目を引き継いだだけなのか。

「夏目医院に生まれたから、責任という思いも多少はあるだろうね。でも、夏目先生自身、使命感もあるようだよ」五十嵐は続ける。

「夏目先生、結構正義感が強くてね。日本の解剖率の低さゆえに、犯罪者が見逃されているんじゃないかという現状を危惧《きぐ》していて、なんとか力になれればと言っていたよ。解剖はもちろん、アメリカでは犯罪学も学んでいたらしくてね。窃盗犯《せっとうはん》や空き巣などの行動プロセスから、狙われやすいエリアや建物を導き出したり、防犯カメラの効率的な配置を、武蔵野東警察署などと協力して研究したりしているみたいだね」

その言葉を聞き、秋月は少なからず驚く。解剖医がそんなところまで口出しするなど、聞いたことがなかった。感心するが、越権行為のような気もする。塔子は、あくまで解剖医なのだ。

「まぁ、実際、夏目先生が警察に関わってから、犯罪抑止力が上がったようだし、警察の巡回箇所を変更してから、窃盗も空き巣も減ったみたいだよ。もちろん、解剖率も改善されているから、今のところ、どこからも不満は出ていないようだね。

夏目医院の先代は、夏目先生が幼い頃に亡くなられてね。旧知の仲だったから、そりゃあ残念だったね。夏目先生は先代の遺志を継いで、今では立派な解剖医になった。一時期、私が彼女を教えていたこともあったんだよ。七年くらい前かな。でも、今ではもう私の力の遥か上をいっているよ」

そう言った五十嵐は、憂《うれ》いを帯びた顔になる。なにを考えているのか、表情からは読み取ることができなかった。

頬杖《ほおづえ》をついた五十嵐が、目を細めた。

「それで、私のところに来たのは、夏目先生のことを聞きたかったからかな？」

問われた秋月は、一瞬躊躇《ちゆうちよ》してから頷く。なにをどう訊ねればいいのか分からなかったし、どんな回答を得られるのか見当もつかなかったが、同じ解剖医である五十嵐ならば、塔子のことをよく知っていると思ったのだ。

「ちょっと、気になることがありまして……」

「気になること？」

「具体的に、どこがというわけではないのですが……」

言葉をぼかす。

五十嵐は、歯の隙間から息を漏らすような音を出してから、喋り始める。

「夏目先生は若いが、実績もある。それに、夏目医院の解剖設備は、ここに引けを取らない。だからこそ、安心して解剖を分担できるんだよ。それとも、夏目先生の解剖を見ていて、なにか不満な点があったとかかな？」

「いえ、そんなことを言うつもりは……」

ケチをつける余地はなかった。

ただ、なにか引っ掛かりを覚えた。

困り顔になった五十嵐は、立ち上がり、そして、教授室の奥にある扉を開く。

そこは、解剖室だった。

「夏目先生は、ここでもよく解剖をしていたよ。正確な手捌きと、過ちのない診断。彼女は、絶対にしくじらない。それは私が請け合うよ」

そう断言した五十嵐を見て、もうなにも言えなくなってしまった。

7

パチンコで二万円を擦《す》った高宮は、赤提灯《あかちょうちん》に吸い寄せられるように居酒屋に入り、立て続けに焼酎を飲んだ。酔いは回っているが、苛立ちは増していくばかりだった。キャバクラにでも行けば気分が晴れるのかもしれないと思いつつ、今はそんな余裕はなかった。ただ、もう少しすれば、まとまった金が入る。金が入れば、借金を返済できる。キャバクラではなく風俗にだって行ける。

娘が死んで得た金。

そのことを考えると胸糞《むなくそ》悪くなるが、あの選択は止《や》むを得なかったと自分に言い聞かせる。

居酒屋を出てコンビニに入り、アルコール度数の高い缶チューハイを三本買い、夜道を歩きながら飲む。

いっそのこと、酔っ払って吐いてしまおう。そう考え、一本目はほとんど一気に飲み干した。

家までの帰り道を、ふらふらとした足取りで進む。

最初、殺すつもりなどはなかった。常に困窮《こんきゆう》している生活。そこから脱するために、仕事をした。しかし、その仕事が糞で、同僚や上司が糞で、続けることができなかった。あまりに環境が悪すぎた。運が悪かった。

働かなければ、金が入らない。単発的な仕事をしては辞めるを繰り返していくうちに、借金が膨らんでいった。金を稼ぐために、娘の下着などを売ったが、思ったほどの収入を得ることはできなかった。だから、お願いしたのだ。娘に、身体を売れと。でも、断られた。せっかく金を稼ぐ道具があるのに、それを使おうとしなかった。あの糞ガキが。

人生とは、どうしてこんなにも不公平なのだろうか。その不公平を解消するためには、ああするしかなかったのだ。

ひび割れたアスファルトが続く。下を向きながら、歩を進める。

「あの」

唐突に声をかけられ、顔を上げた。

一人の女が立っていた。

目の覚めるような美人。街灯の少ない暗い夜道でも、十分に分かる美人。そして、若い。肌に張りがある。背は高いが、確実に若い。大学生。いや、高校生かもしれない。スタイルが良い。八頭身くらいかもしれない。髪型がショートカットなので、余計に顔が小さく見えた。頬が緩む。

「な、なんですか」

声がスムーズに出ない。年下の女に対して取る態度ではない。そう思ったが、緊張を強《し》いられた。

「お願いがあるんです」

「おね……？」

顔をしかめる。

女が一歩近づいてくる。甘い香り。アルコールによって速まった血流が、滞り始める。

「家出したんですけど、一晩泊めてほしいんです」

「泊め……てって、俺の家に？」

問うと、女は困った顔で頷く。

顔と身体ばかりに目がいっていたが、大きなリュックサックを背負っていた。家出。そんな感じだ。

「泊めるっていってもなぁ……」

突然のことで、上手く対処できない。急激に喉の渇きを覚えたので、手に持っている缶に口をつける。中は空だった。

「お金はあんまりないんで払えないです。でも、それ以外なら」

女はそう言って、恥ずかしそうな顔になった。

どういうことだ。

「……いや、まぁ、俺は……別にいいけど」

女の顔から太もも、足までを順々に見ながら答える。Tシャツに短パン。白くて細長い四肢が伸びている。暗い場所なのがもったいない。ただ、これから、明るいところで裸を拝めるかもしれない。

無意識に舌が出たので、慌てて引っ込める。

こういうとき、舌舐《したな》めずりって本当にするんだなと思う。

「家、どっちですか」

「あぁ……あっちだ」

指差す。腕が震えた。

安心したような笑みを浮かべた女は、前を歩く。太ももを凝視しながら、後を負う。

このまま襲いかかりたい欲求を抑える。鼓動が高鳴り、痛いくらいだった。

「あ、ちょっと寄りたいところがあるんです」

そう言った女は、横道に逸《そ》れる。

「え？　どこに行くんだよ？」

慌てて訊ねる。

「すぐにすみます。あっちに、荷物を置いてきているんです」

そういうことなら、仕方ない。我慢するのが苦痛だったが、それくらい焦《じ》らされたほうが燃える。

より、街灯が少なくなった道。

薄い生地のTシャツ。贅肉《ぜいにく》のない女の背中を見ながら、涎《よだれ》が口内を満たした。それを喉の奥に流し込む。

不公平な人生。不平不満に覆われた人生。

ただ、これからの人生は、上向いていくかもしれない。

「浅野、そろそろいいよ」

女がいきなり声を発した。

浅野？　誰だ、それは？

そのとき、背後から音がする。振り向く。亡霊のように存在感のない男が立っていた。

首筋に痛み。意識が途切れる。

8

一人の男が、椅子に縛り付けられ、固定されていた。

薬剤で強制的に眠らされていた男が目覚めたのは、十五分ほど前。最初はぼんやりとしていたが、ようやく目の焦点が合うまでになっていた。

瞳には、恐怖の色が浮かんでいる。自分の置かれている状況に戸惑い、恐怖しているのが手に取るように分かる。今にも叫び声を上げそうだったが、猿轡《さるぐつわ》をされているため、呻き声しか出せなかった。

「高宮達男。間違いないな」

感情を一切込めていないような、突き放した口調。穏やかとも取れるが、不気味な響きだった。

男は、どう答えればいいのかと考え、やがて、怯えつつ頷いた。白い部屋に置かれた椅子に座る高宮。その頭上から、強い照明が浴びせられている。そのため、高宮からは、声の主の顔が見えなかった。ただの白い影。

「お前の娘である高宮千佳は、遺体となって発見された。警察は、死因を急性アルコール中毒として処理したが、本当は、お前が殺したんだろう？」

その言葉に、高宮は必死に首を横に振りながら呻き声を上げた。

真っ白な人影は、失望したようなため息を吐く。

「これは、事実確認が目的じゃない。お前に、事実を突きつけているだけだ」鼓動二拍分の沈黙。

「高宮千佳は、顔のうっ血や溢血点《いっけつてん》に窒息の所見があった。これは、窒息死を示すものだ。それに、喉の奥と、歯の間に繊維が挟まっていた。酔っ払って寝ているときに、枕を顔に押しつけて殺した証拠だ」

高宮の顔から血の気が引いて青くなるが、目は恐怖心で血走っていた。

「お前は、どうしようもない奴だ。ギャンブル狂いで金がなくなり、娘にアルコールを飲ませて、眠ったところを狙って窒息死させたんだ。娘の保険金を手にするために。しかも、疑われない程度の少額。お前が殺人罪で逮捕されたところで、せいぜい懲役刑だ。命を奪われる確率は低い。

理不尽だと思わないか？

お前は娘を殺したのに、お前は懲役刑で生きながらえ、やがて出所するだろう。そんな理不尽、あってはならないはずだ。もっとも重い厳罰が妥当なのに、司法は大甘の裁断を下す。こんな不平等は見過ごしてはならない。だからこそ、検視で死因は急性アルコール中毒と結論付けられたんだ。お前は、この誤診を聞いて、内心ほくそ笑んだだろうな。でも、誤診じゃないんだよ。あれは、わざとなんだよ。適切に断罪するための方便だったんだ」

　高宮は身体を揺すって、その場から逃げようともがいている。

　そのとき、初めて気付く。裸にされた全身に、ラップフィルムのような透明なものが巻かれており、まったく動くことができなかった。顔だけは、ラップフィルムが巻かれていない。

「抵抗しても無駄だよ。お前は死ぬんだ。ただ、安心してほしい。単純な死ではなく、役に立って死んでもらうことになる」

　高宮は、最後の言葉を聞き、怪訝な表情を浮かべる。

　白い影は足を組みかえた。

「昔から、人は魂の重さを量ろうとしてきた。古代エジプトの墓には、天秤《てんびん》を用いて死者の魂と羽毛の重さを比べている場面が描かれている。また、二十世紀初頭のアメリカで、ダンカン・マクドゥーガルという医師が、フェアバンクス社製の標準型台付き秤《ばかり》を改良して簡易ベッドを取り付け、死にゆく人間を寝かせて死ぬのを待ったんだ。そして、魂の重さが二十一グラムだと発見した。ただ、この実験には反論も多い。人間は死んだ直後、体の温度がわずかだが上昇し、肌から汗をかく。それが急速な湿気の放逐《ほうちく》を引き起こし、二十一グラム軽くなったという主張もあった。犬を使っての代用実験で体重に変化がなかったのは、人間にあるような体温上昇の機能がないからだという指摘もされた。そもそも、当時の測量技術は完璧ではなく、マクドゥーガルが正確に量ったのかを確かめる術《すべ》はない。人道的な観点から、確認実験をすることもできない。だから、生きる価値のないお前で試し、確かめることにした」

高宮は、弱々しく身体を動かして抵抗を試みるものの、状況の打開には繋がらなかった。絶望が、顔全体に広がり始めている。

「人権重視の現代にあっては、非人道的な人体実験はできない。もちろん、魂の重さを量るなんてことも無理だ。戦争が起きると医学が発展すると言われるのと同様に、人体実験は医学の進歩に寄与してきた。医学は、人の犠牲の歴史なんだ。その歴史の一片になれることを、光栄に思うんだな。人の魂の重さは、果たしてどのくらいなのだろうか。お前も、興味があるだろう？」

白い影はそう言って、実験の開始を告げる。

すると、背後から別の長細い影が現れた。白いスクラブを着ている。

「お前で実験を行うにあたって、気をつける点が二点ある。体重計と、湿気だ。今、お前が乗っている板は、大型犬用の体重計だ。一グラム単位で量れる精密体重計を取り付けているから、正確に量れるはずだ。そして、死んだ直後に起こるとされる湿気の放逐については、考えた末、ラップフィルムを全身に巻くことで湿気の放出を防ぐことにした。これなら手軽だし、顔に巻けば窒息させられる」

高宮は、涙を流していた。猿轡をされた口が、もごもごと動いている。許しを請《こ》おうとしているのだろう。

長細い影は一瞬動きを止め、そして、猿轡を外した。

「助けてくれ！」

高宮は叫び声を上げた。血の混じった涎と涙を振りまきながら。

「娘を殺していない！　頼む！　助けてくれ！」

ほとんど金切り声に近かった。

「お願いだ！　助けてくれよぉ！」

高宮は絞り出すように言いつつ、白い影がまったく反応しないことを訝《いぶか》しみ始める。

「お、おい、聞いて……」

「じゃあ、実験を開始しよう」

白い影が静かに告げる。

その言葉が合図となって、長細い影が高宮の顔にラップフィルムを巻いていく。

ラップフィルムは透明なので、恐怖に凍り付いた表情をはっきりと見ることができた。

苦悶《くもん》に歪んだ顔。開かれた口から舌が突き出てラップフィルムを這う。眼球が飛び出さんばかりに目を見開き、あるはずのない救いを求めている。

「体重計の重さは、七十三・一二三キログラム」

人影が告げる。

三十秒が経過し、顔が青くなった。身体が痙攣《けいれん》し始める。脱糞《だっぷん》し、臭いがする。

「娘が感じた苦痛を嚙みしめながら死ぬんだ」

一分がすぎた頃に、筋肉が弛緩《しかん》し、身体から力が抜けたことが分かる。意識が消失し、仮死状態に陥った。完全な死亡まで、三十分を要した。

ディスプレイには、七十三・八九三キログラムと表示されていた。

「七百八十グラムの増加……興味深いな」

熟考のための沈黙。

「これは、どう考えるべきだろうか」

独り言が続く。

「……魂に重量はなく、むしろマイナス七百八十グラムの物質と仮定してみよう」

白い影は、腕を組んだ。

「質量を持たない魂。それが抜けることによって、肉体の重さが増したと推測できる。魂は軽い。それこそ、なんの重しもなければ飛んでいってしまうほどに。身体は重しの役割ということか。死んだ人間が、天に昇っていくという昔からのイメージは、あながち間違っていないのかもしれないな」

呟くような小声だったが、非常に満足そうな響きをまとっていた。

9

秋月は、そこにあるはずのないなにかを見定めるように、部屋の暗い天井を凝視《ぎようし》していた。

急性アルコール中毒で遺体となって発見された高宮千佳。

未成年者が一人で酒を飲んで死んだことについて、保険会社は疑問を抱いているようだったが、結局は、夏目塔子が書いた死体検案書と、保険金自体が高額ではなかったことが決め手となり、支払いを決定。振り込みの準備をしていた。

ただ、受取人で父親の高宮達男が忽然と姿を消したと、保険会社から警察に連絡が入った。行方不明者届が出されているわけではなかったが、一人娘が死んだばかりという状況だったので、行方を追うために目撃証言や防犯カメラの映像の確認を行った。最寄り駅の居酒屋で酒を飲み、徒歩で自宅へ帰っていく姿までは追えたが、それ以降の足取りは摑めていなかった。

煙のように消えてしまった。そのことが、五年前に失踪した倉持と重なる。

秋月は目を瞬かせ、顎を引いた。

手帳を見つめる。

部屋の照明は落とされ、デスクライトのみが手元を照らしていた。

ターコイズブルーのシステム手帳は牛革製で、倉持が失踪した年のリフィルが挟まれている。倉持が失踪した日。武蔵野東警察署に置いてあった私物のバッグに入っていたものだ。

一時、警察預かりとなっていたが、ただの失踪ということで捜査が終了し、それ以降、秋月が保管している。倉持の両親は他界しており、秋月が、倉持と婚約関係にあったため、こうして手元にやってきたのだ。

手帳には、略字を多用したスケジュールが書かれてあった。イニシャルなどアルファベットの表記が多い。取り調べや聞き込みの予定が書かれてあるが、個人名を判別することはできない。おそらく、手帳を紛失した場合に備えて、持ち主にしか分からないようにしていたのだろう。

失踪した日には、なにも書かれていなかった。ページを戻す。

気になる表記があるのは、倉持が武蔵野市ＯＬ殺害事件の帳場に派遣されて三日後の箇所だった。

――Ｎはどこか怪しい。

几帳面な文字で書かれた一文。アルファベットは人名のイニシャルだと思われるが、当時、個人を特定するには至っていなかった。

今、秋月の頭の中にある〝N〟。

夏目塔子。確証があるわけではなかったが、そう思わずにはいられなかった。

倉持の失踪に、塔子はなにか関係しているのか。また、秋月自身のことを知っているような印象も受けた。

秋月の、忌《い》まわしき過去。

高校三年生の冬。夕方のことだった。見知らぬ男に道を聞かれて立ち止まると、突然、黒のワンボックスカーに押し込まれて連れ去られ、三人の男に強姦《ごうかん》されかけた。襲われた秋月は思考が停止し、気付いたときには、上に覆いかぶさっていた男が血だらけで息絶えていた。ほかの二人も同様だった。男が脅すために持っていたナイフを奪い、それを深々と肺に差し込んでいたのだ。秋月は人を殺した。刺し傷はいくつもあった。司法は正当防衛と認めたが、殺した事実は覆せない。

秋月は、正義というものに人生を捧げたいと思い、警察官を目指した。人を殺したことは事実だったが、正当防衛という判断が下されていることと、警察官一家だったこともあり、問題なく警察官になることができた。しかし今もなお大きな傷を抱えている。心の内で歪みが生じているという自覚もあった。

――仕方なく相手を殺したんだよ。

前に塔子が発した言葉。

塔子は、どうしてあんなセリフを、秋月に語り掛けるように発したのか。

「Nはどこか怪しい」

手帳に書かれていた言葉を呟く。頭の中で反芻《はんすう》した。

夏目塔子。

いったい、何者なのか。

10

疑念を抱えたままの状態だった秋月は、夏目医院の前に立っていた。

夕日の茜色《あかねいろ》が濃く、赤に近い。熟れすぎた柿を彷彿《ほうふつ》とさせた。首筋に汗が伝う。虫が這っているような感覚に、思わず手で首を拭った。

建物内に入る。

相変わらず、すべての音が沈殿して動かなくなったかのような静寂。

「すみません」

唇を動かす。思った以上に、声が小さくなってしまった。反応はない。壁に声が吸い込まれてしまったのかもしれないと半ば本気で考えていると、奥から人影が現れる。

制服に身を包んだ夏目夏帆だった。身長が高い。百七十センチはあるだろう。三和土と上がり框《かまち》には段差があるので、ずいぶんと上から見下ろされている。

愁いを帯びた顔。端整な作りは塔子に似ているが、姉妹と言われなければ気付かないかもしれない。ただ、共通するところもある。二人とも、熱を感じない。生きている生物というよりも、蠟《ろう》で作られた人形のようだ。

「あの、夏目先生は?」

秋月が問うと、夏帆はその質問を飲み込むように一拍の間を置いた。

「……少し外に出ています」

薄いガラスのような繊細な声だった。不在なら仕方ない。出直すしかないだろう。医院を辞そうと思った瞬間、夏帆の声が降ってきた。

「すぐ帰ってくると思うので、待っていてください」

そう言った夏帆は、身体を反転させて奥へと向かった。そのまま消えてしまうのかと思ったら、途中で立ち止まって振り返った。ついてこいということだろうか。

躊躇しつつ靴を脱ぎ、夏帆についていく。

案内されたのは、本が大量に置かれた部屋だった。天井まである本棚が二面の壁を覆い、大きな窓の両側にもそびえ立っている。書庫というよりも、図書室のような印象だった。

蛍光灯は点いているが、全体的に暗い印象だった。

部屋の中央には、象嵌細工《ぞうがんざいく》が施されたコーヒーテーブルが置かれている。椅子は二脚。その一つに座るよう促される。テーブルの上には、一冊の分厚い本。革製のカバーがかけられているため、どんな本かは分からなかった。

なにも言わず、夏帆は部屋から出ていってしまう。

取り残された秋月は、棚に差し込まれている本の背表紙を眺めた。外国語で書かれたものが多く、たまに日本語のものもあるが、難解な言葉の羅列で頭に意味が入ってこなかった。

窓の外に見える空は、赤から紫色に変わっていた。外の音が、まったく聞こえない。まるで、外の世界が静止してしまったようだった。この建物は、遮音性《しやおんせい》に優れた造りなのだろう。

「アイスティー、飲まれますか」

いつの間にか、夏帆が部屋の入り口に立っていた。

驚いた秋月は、身体を萎縮させせながら、曖昧な調子で頷く。

音もなく近づいてきた夏帆は、トレイに載せてあった二つのうちの一つのグラスを秋月の目の前に置き、もう一つを反対側に置いた。そして、夏帆は当たり前のように椅子に座り、面と向かう。

まさか、同じ時間を共有するとは思ってもみなかったので、軽い驚きを覚える。

沈黙が漂う。

秋月は、アイスティーを一口飲んだ。中の氷が音を立てるが、静寂を破るには脆弱《ぜいじゃく》すぎる音色だった。

この状態のまま待つのはつらい。なにか話題はないかと考えたが、高校生と共有できる話題を持ち合わせているはずもなかった。

アイスティーを半分ほど飲んだとき、夏帆が身体を動かし、椅子に座り直す。

「私、夏目夏帆っていいます。秋月さんですよね」

唐突な自己紹介に戸惑いつつ、頷く。

夏帆は、目を伏せるようにして視線を落とす。長い睫毛《まつげ》が強調された。

「秋月さんは、刑事さんでしたね。そして、失踪した同僚の刑事さんを捜しているんですよね」

どうして、そんなことを知っているのか。

その言葉を聞いた秋月は、警戒心に一瞬身を硬くしたが、すぐに力を抜いた。この程度の情報は、姉である塔子から聞いていてもおかしくはない。

「失踪した刑事さん、見つかりそうですか」

質問を受けた秋月は、力なく首を横に振る。

「全然。手掛かりも見つかっていないの」

「でも、他殺を匂わせる通報があったんですよね」

間髪を容れずに発せられた言葉は、詰問するような声色が僅かに含まれていた。大きな瞳が、照明を反射して光る。なにを考えているのか読めなかった。

「……そうだけど、でも、悪戯かもしれないからね」

「悪戯……そうかもしれませんね。でも、匿名で通報をした人、もしかしたら、案外近くにいる人かもしれませんよ」

秋月は眉間に皺を寄せる。

いったい、どんな根拠があってこんな発言をしているのだろうか。少し不快だったが、子供の言うことだから意味など考えても仕方ない。

——近くにいる人。

ぱっと思い浮かんだ顔は、榎木だった。しかし、そんなはずがないと頭を振った。根拠もなければ、疑う理由もない。榎木にメリットがない。

日が落ちた。

外が暗くなったことで、大きな窓に二人の姿が映る。夏帆の姿が、実物よりも大きく見えた。

会話が途切れる。その静けさを苦痛に感じた秋月は、テーブルの上に置かれている本を見た。

「それって、今読んでる本?」

話題を変えたかっただけで、興味があるわけではなかった。小さい頃から、読書は嫌いだった。しばらく本を読んでいないし、これからも読むつもりはない。

夏帆は革のカバーがかけられた本を手に取る。そして、やや演技めいた口調で喋り始めた。

「人の魂と身体の間の見事な一致の秘密を知るためには、生きた人間の脳内に両者の連結点を探ることが有効であろう。こう言うと残酷に聞こえるかもしれないが、私は残酷さなどに拘泥《こうでい》しない。人類の利に比べれば一人の人間になんの価値があろうか。いわんや、罪人などには」

目を瞬かせた秋月は、言葉が上手く頭に入ってこなかった。知らない外国語を聞いているような感覚。

夏帆は微かな笑みを浮かべた。目の奥に、ランタンのような灯《ひ》が見える。

「この本に載っている、フランスの数学者で啓蒙思想家でもあったモーペルテュイの言葉です。彼は、死刑囚を使った医学実験の有用性を説いたんです。彼は、実験によって死刑囚の刑罰を遂行することは、社会に益をもたらすという刑罰の性質を、さらに完全なものにすることにほかならないという主張を展開しています。生きている人間の身体を使うことで、まだ発見されていない効用を見つけ出すこともできるし、医学の発展に役立つと言っているんです。死刑囚はどうせ、刑罰によって死ぬんです。それなら、人の役に立ったり、知的欲求を満たすために使っても問題ないですよね。モーペルテュイは、もしその実験で生き延びることができたら、恩赦《おんしゃ》を与えるのが相応《ふさわ》しいとも言っています。実験を引き受けることで、罪を十分に贖《あがな》ったと考えたんです」

夏帆は当然のように言う。

たしかに、納得する部分はある。死刑囚になるほどの罪を犯した人間を、絞首刑ではなく医学の発展に使うことは、理にかなっているように見える。

ただ、その主張は間違っていると秋月は思った。

「……医学の発展に寄与するための実験台になって貢献したからって、司法の判断によって決められた刑罰を軽減するというのは良くないんじゃないかな。そんなことで決定を覆すような法は、法じゃないと思う」

法は、人を守るために作られた英知の結晶だ。多くの人間がそれを守ることによって、人々をより良い世界へと導いてきた。人が法を守れば、法が人を守ってくれる。刑事をやっていると、そのことに自信がなくなるときもあるが、たしかな事実だという気持ちに嘘はない。

たとえ、医学の発展に繋がるからといって恩赦を与えるようでは、法の力がなくなってしまうだろう。

多少、大人げなかったかと後悔したが、発言自体は間違っていないという確信があった。

夏帆は、ゆっくりとした動作で、手に持っている本をテーブルに置く。

「カントも、秋月さんと似たようなことを言って、恩赦の件を問題視しています。法学者が言う、外部的理由による恩赦というものですね」一度言葉を切った夏帆は、少しだけ声量を落とし、囁《ささや》くような声を出す。

「私も同じ意見です。でも、だったら、生き延びるような軟《やわ》な実験をせず、絶対に死ぬ実験をすればいいんです。私は、死に値する罪を犯した人間は、科学者たちの知的好奇心を満たすための犠牲になってもいいと思っています。そして、そんなことが実現できるのなら、私は喜んでそれを手助けします」

静かな口調。僅かに歪んだ口元。それが笑みだということを認識するのに、秋月はしばらく時間を要した。

夏目医院を出た秋月は、正面玄関を抜けた。

ふと、視界がぐらつく。誰かに押されたように身体が横に流れ、危うく倒れそうになった。足で踏ん張り、体勢を立て直す。

結局、塔子は帰ってこなかった。待っていたのは十五分ほどだっただろうか。その間、椅子に座っていただけなのに、やけに疲れた。

夏帆との会話は、一種の緊張を強いられるものだった。会話の内容はもちろん、雰囲気に呑まれて息を深く吸い込めず、思考に靄《もや》がかかっているような状態にさせられた。

深呼吸をしてから、夜道を進む。肌にまとわりつく水っぽい空気が不快だった。

警察署に戻るか、それともこのまま帰るか迷っていると、目の前から知った顔が歩いてきた。

出っ張った腹を震わせ、小走りで近づいてきたのは榎木だった。

「いやぁ、良かった良かった。一人で夏目医院に行かれたと聞いて、ちょっと心配だったので様子を見に来ました」

どうして、一人で行くことが心配なのだろうか。引っ掛かりを覚える。

「単独行動は困りますよ。次から夏目医院に行くときは、声をかけてください。必ずですよ」

額から汗を流した榎木が、忠告めいたことを言う。いつもどおり顔は柔和だったが、真剣な眼差しだった。

ふと、先ほど夏帆が言った言葉を思い出す。

――匿名で通報をした人、もしかしたら、案外近くにいる人かもしれませんよ。

それを聞いたとき、秋月の頭に浮かんだ人物は、目の前にいる榎木だった。

榎木が匿名の電話をかけたと仮定して——いったい、どういった意図があるのだろうか。

匿名電話の主が榎木なんてことはあり得ないと思いつつも、鎌をかけてみようと口を開く。

「榎木さんは、私になにを探らせたいんですか。あんな匿名の電話までして。あれ、悪戯じゃないですよね」

冗談と取られないように、真面目な口調で問う。すると、榎木の表情が一変する。厳しい顔。刑事の顔だった。

榎木はしばらく沈黙したのち、周囲を気にするように視線を走らせてから身体を近づけてくる。体臭がするが、我慢した。

「……秋月さん、これから言うことは、絶対に他言無用ですよ」

「え？」

秋月は目を見開く。

「他言無用、いいですね」

念を押される。なにがなんだか分からなかったが、とりあえず頷く。

榎木は、疑わしそうな視線を向けつつ、口を開いた。

「ある人物が、絶対に誰にも覚られない方法で、罪を犯した人間を攫《さら》って、殺しているとしたら信じますか」

心臓が早鐘《はやがね》のように打つ。

「……そんなこと、できるんですか」

「できます。夏目医院……夏目先生なら」

揶揄《からか》うような口調ではなかったが、信じられなかった。

「……でも、どうやって」

「医者という立場を使えばいいんです」榎木は当然のように言う。

「夏目先生は、登録検案医です。彼女は、警察からの検案要請を受けて、変死体を検案します。犯罪性のある遺体を、犯罪性なしと結論付けることも可能です。そして、遺体から犯人を割り出して、自らの手で裁きを与える。鉄槌《てっつい》を下す」

榎木は、振り上げた拳を振り下ろす。

「でも、わざわざそこまでして自分の手で犯人を……」

秋月は疑問を口にしようとして、止める。

夏帆の言葉が、頭に蘇ってきた。

――死に値する罪を犯した人間は、科学者たちの知的好奇心を満たすための犠牲になってもいいと思っています。

あの言葉は、つまり、罪人を捕らえ、塔子が知的好奇心を満たすための実験をしているということか。

身体が震える。背筋に氷を這わされたようだった。

「……榎木さんは、どうして、匿名の電話をかけたんですか」

問いを発する。

榎木は、はぐらかさなかった。

「そうすれば、本庁の一課から応援が来るかもしれないと思ったんです。結果として、秋月さんが来てくれました。私は、そろそろ定年です。その前に、夏目塔子の悪事を暴《あば》きたかったんです。調査には、人手がいりますからね。倉持さんの名前を出したのは、偶然です。彼が夏目塔子の手にかかったという感じはしませんので、無関係でしょう。ただ、倉持さんのことを出せば、一課の誰かが来てくれると思ったんです。失踪の件は一応事件性なしと結論付けられましたが、まだ燻っているでしょうから」

胸が締めつけられる。

やはり、倉持の失踪に事件性はなかった。ただの失踪だったのだ。

下唇を噛んだ秋月は、拳を握りしめる。

「どうして、あんな曖昧な電話をしたんですか。もっと、普通に通報すればいいじゃないですか。夏目医院が怪しいって」

その問いに、榎木は鼻を鳴らす。

「そう言っても、誰も信じてくれないですよ。物証があるわけじゃないんですから」

「……それなら、どうして榎木さんは、夏目先生がそんなことをしていると疑っているんですか」

一瞬の間ののち、榎木は困ったような八の字眉になった。

「武蔵野東警察署に在籍する刑事の一部も、グルだからですよ。夏目塔子の断罪システムに賛同する人間は、警察内部にもいるんです」

「……それって、どういう……」

声が続かなかった。榎木は、腹に手を置く。

「常日頃、犯罪者と対峙《たいじ》していると、罪に対して刑罰が軽すぎると思ったことはありませんか。こんな屑《くず》が懲役五年なんて間違っていると考えたことはありませんか。私は刑事をやっていて、何度も思いました」

声が熱を帯びる。

たしかに、榎木の言うとおりだ。秋月も、犯罪者の刑罰が軽すぎると思っている。再犯する人間を見ると、その思いはより強くなった。

「夏目医院は、その思いを汲んでいるんです。夏目塔子が医者になる二つ前の代から、この仕組みが出来上がっていて、運用されているんです。ちなみに、このエリア一帯にある防犯カメラは、夏目塔子が設置場所などの助言をしています。つまり、防犯カメラに映らないルートを作ることもできる立場にあるということです」

榎木の説明が、すとんと難なく胸に落ちてきた。夏目塔子は、犯罪者を断罪している。一切証拠がないにも拘らず、それは真実に迫っているように思えた。急に消えた高宮達男は、実際には娘を殺していた。そして、夏目塔子によって実験台にされた。

高宮達男が逮捕されたとしても、極刑にはならない。私利私欲のために実の娘を殺した男が、刑期を終え、また世間を歩き回るだろう。罪の重さに対し、刑罰が軽すぎる。天秤が壊れていると思うことは何度もあった。

夏目医院による、私刑。そこに警察も絡んでいる。

その仕組みを空恐ろしいと思う反面、秋月の胸に、奇妙な思いが浮かび、それがどんどんと増殖していく。

法という指針なしに、個人の判断で罪の重さを量ることは、甘美な魔力を伴う。自らの手で罪人を罰したいという意識から、そう思うのではない。魅惑的だと思うのは、完全に、個人的な感情に依《よ》るものだ。

秋月は、強姦しようとした三人の男を殺し、法によって正当防衛が認められた。法によって、秋月は守られた。周囲の人は、それを喜んだ。

ただ、秋月自身は違う。

あのときの事件によって、すでに自分は殺されたのだ。それなのに、今、こうして生きている。その違和感。

あの事件のときに、自分は殺人者になったという思いが、常に頭の中にあった。

忌まわしい記憶。そして、人を刺した感触。

この二つが、秋月を光の届かない水の底に沈めている。

秋月は、求めていた。

光ではない。もっと、身体を完全に呑み込むような闇を欲していた。法の裁きで得られなかった消滅を与えてくれるものを渇望していた。

法で罰せられないのならば、別の〝尺度〟で罰してほしかった。

塔子が秋月を見つめた、その瞳に宿る色。それは、断罪してあげようという慈悲の色であるような気がした。

秋月にとって、彼女こそ、自分を消し去ってくれる法の女神《テミス》に思えた。

第三章　尊厳と価値

1

——夏は、外を出歩く季節ではない。

全身から汗を流しながら、青山は独《ひと》り言《ご》ちた。八月下旬。暑さは一向に衰えを見せず、増大し続けているようだ。

ただ、夏バテなどは一切ない。体力に自信はあった。四十時間くらいなら連続で起きて仕事をすることもそれほど苦痛ではない。激務という言葉を体現したような警視庁捜査一課でも、十分に通用する身体と精神力を持っている。

刑事という職は、青山にとって天職だった。罪を犯して逃げ延びようとする悪人を捜し出し、法の裁きを受けさせる。これは一種の快感にもなっている。この世に蔓延《はびこ》る、多種多様な悪人。その中でも、青山が所属する警視庁捜査一課は殺人事件を取り扱う。殺人犯を捕まえるために、日々身を粉にする。頭を使うものの、それ以上に体力がものをいう世界。単純明快。明確な目的を持って仕事のできる環境を、有難く思う。

反面、目的なく仕事をすることは、どうしても耐えられなかった。学生時代に剣道に打ち込み、全国一位の座に就くことができたのも、相手に勝ちたいという明確な目的があったからだ。

　ところが今回、青山に与えられた仕事は、目的がまったく見えないものだった。漠然とした捜査であり、そもそも、捜査という言葉が適切かも分からなかった。考えるだけで、暗澹《あんたん》たる気持ちになる。

「……暑い」

　悪態を吐く。

　ようやく、眼前に目的の建物が現れた。

　JR三鷹駅南口から徒歩できっかり八分。特徴のない、古びた建物。駐車してあるパトカーがなければ、ここが警察署だとは分からないだろう。

〝武蔵野東警察署〟という文字を見上げ、建物内に入る。警視庁管内で殺人事件が発生すれば、捜査一課の刑事は事件発生現場を管轄する警察署に出張り、事件の捜査に当たる。捜査一課は係単位の当番制のため、ずっと警察署回りをしているわけではないものの、現場に赴《おもむ》く頻度は高い。青山は若手で捜査一課歴も浅かったが、多くの警察署で捜査に当たったことがある。しかし、武蔵野東警察署には初めて入った。

　涼しいとは言い難いロビーを横切り、受付で刑事課が何階にあるか聞こうとしたとき、背後から声をかけられる。

「青山さん？」

　聞き覚えのある声に振り返る。

そこに、秋月が立っていた。

「……よう」

手を挙げ、社交辞令と言わんばかりの薄い笑み。向こうも、同じような表情を返してきた。

同僚の秋月。

捜査一課といっても、内部では細かく組織が分かれており、殺人を扱う強行犯捜査だけでも九係あった。当然、仲のいい人から、ほとんど会話をしたことのない人物までいる。目の前にいる秋月は同じ一係で前者に近いが、青山は少しだけ苦手意識を持っていた。理由は分からないが、とっつきにくい印象がある。

「ちょうどよかった。署内の様子を聞きに刑事部屋に行こうと……」

「どうもどうもぉ」

青山の言葉を遮ったのは、五十代後半と思《おぼ》しき男だった。中年太りという言葉が生易しく感じる体型。皺だらけのワイシャツを突き破ろうとしているかのように出っ張った腹。立った状態で自分の足元が見えるのか疑わしい。

「私、ここの刑事課の榎木と申します。お二人はお知り合いですか」

七福神の布袋のような笑み。刑事よりも、商売をやったほうが向いている気がする。

秋月が、簡単に青山の紹介をする。三十五歳の青山に対して、気を遣ったような調子。

秋月のはっきりとした年齢は分からないが、おそらく一つか二つ年下だろう。

「へぇ、捜査一課の刑事さんですか。屈強な身体をしているので、どこかのスポーツ選手かと思いましたよ。いやぁ、私、身体を鍛えている人って尊敬するんですよね。筋肉を痛めつけたり、わざと苦しくなったりするなんて信じられません。つらい思いをしてまで鍛えるなんて、私には土台無理な話です」

そう言って、唐突に手を伸ばしてくる。二の腕を触られる寸前、青山はその手を避けた。そのことが心外だったのか、榎木は不満そうに口を尖《とが》らせた。

変な男だなと思う。極力関わり合いたくない類の人間。

「……それで、どうしてこちらに？　殺人事件は発生していませんよね？」

榎木の不審そうな視線を受けた青山は、言葉に詰まる。ここに来た原因ははっきりとしているが、理由は分からない。いや、一応の理由は説明されていたが、納得できるものではなかった。自分がなにをするのか曖昧な状態。それは青山がもっとも嫌うものだが、それでも、青山をここに向かわせた人物の力が強大すぎるため、こうして使いの小僧のように武蔵野東警察署に赴いたのだ。

秋月も不思議そうな視線を青山に向けていた。突然の訪問なので、当然だろう。

青山は重い口を開く。

「実は、検事の……」

「あ、話はあとにしてもらってもいいですか」

話を振っておきながら、再び話を遮ってくる。癇《かん》に障る男だと思ったが、顔には出さなかった。

「実はですね、死人が出たという連絡があったので、これから臨場するところだったんですよ」

「死人？　事件ですか？」

青山の思考が戦闘モードに切り替わる。

「まだ分かりません。あ、どうせなら、我々とご一緒されますか？」

我々。つまり、秋月も行くということか。一瞬迷ったが、同行することにする。秋月から、管内の状況を聞く必要があった。

榎木の運転する覆面パトカーの後部座席に乗る。隣には秋月が座った。

その横顔を一瞥する。暗く、思い詰めたような表情。普段から明るいタイプではなかったが、拍車がかかっているような気がする。

当然だろうなと思う。

帳場が立っていないにも拘らず、秋月が単独で武蔵野東警察署にいる理由。それは、五年前に失踪した同僚の行方を捜すためだった。

捜査本部で殺人事件の捜査をしているときに行方不明になった二係の倉持涼介。青山が捜査一課に配属になったのは、失踪したあとだったので直接の面識はない。ただ、ことの経緯は知っている。捜査中に一課の刑事が姿を消すなど、前代未聞のことだったので、語り草になっていた。倉持が忽然と姿を消したのは、犯人逮捕の一日前。すでに証拠を固めており、逮捕状が届くのを待つだけの状態だったらしい。野放しになっている容疑者は監視下にあり、事件解決の目途が立っている状態。そんな中で、倉持は失踪した。私生活で抱えている問題はなく、自らの意思で消えるような原因はない。それなのに、愛する人を残していなくなった。

隣に座る秋月が、その人だった。

秋月と倉持は、付き合っていたと人づてに聞いていた。

「到着しましたよぉ」

間延びした声を発した榎木は、バックミラー越しに笑いかけてくる。なにが可笑《おか》しいのか、まったく分からない。

駐車場に車を停める。

現場は、どうやら病院のようだった。〝小金井北総合病院〟という文字が見える。総合病院という名前に相応しく、大きな病院だった。

鼻歌を歌いながら正面玄関から中に入った榎木は、ちょうど病院を出ようとしていた男に声をかける。

「あ、肥ちゃん」

無精髭を生やした色黒の男は、秋月を一瞥してから、青山に焦点を合わせる。すべてを疑うような胡乱な目。この目は、暴力団の幹部と刑事に多い。おそらく、武蔵野東警察署の刑事だろう。青山が名前と所属を伝えると、男は肥沼と名乗った。

肥沼は、不思議そうな表情を浮かべている。どうして捜査一課の人間がいるのかと訝しんでいるのは明白だったが、特になにも訊ねてこなかった。面倒なので、青山もなにも言わなかった。

「榎木さん、相変わらず死体が好きですねぇ。わざわざ足を運んでいただき、恐縮です」

肥沼は、やや棘《とげ》のある口調で言った。

「人の死に目を光らせるのが、刑事でしょう。たとえ、呼ばれていなくても臨場するのが私の身上だからねぇ」

屈託のない笑みを浮かべた榎木。それに対して、肥沼は困り顔になる。その反応は当然だろうなと青山は思う。榎木は仕事でここに来たわけではなさそうだ。言うなれば、物見《ものみ》遊山《ゆさん》。

「それで肥ちゃん、亡くなった方は？」

その問いに、肥沼が指差した方向は外だった。

「建物からダイブして、今は日光浴をしていますよ」

「そう。それじゃあ、見に行こうか」

四人で外に出て、病棟に沿って歩く。舗装《ほそう》された道がなくなり、茂みに進入する。建物や敷地を区切るフェンスの間を歩いていると、複数の人の姿が見えた。

遺体はまだ回収されていなかった。男が不自然な形で倒れている。右腕が関節の可動域を無視して折れ曲がっていた。両足に骨折はなさそうだが、手足がやけに細かった。入院着を着ているということは、ここの入院患者なのだろう。

うつ伏せに倒れた遺体。建物側から約一メートルがコンクリートで、そこから二メートルほどが芝生。その二つが、縁石で区切られていた。

視線を落とす。コンクリートの縁石部分に、血液がべったりと付いていた。頭から着地したのだろう。頭部が陥没している。

即死なのは間違いない。

青山は顔を上げる。

建物の外壁に窓が並んでいる。数えると、六階建てだった。遺体の状況を考慮すると、おそらく、四階以上の窓から落ちてきたのだろう。

「頭部の陥没具合からだと、落ちたのは五階か」

茹だるような暑さに似合わぬ涼しげな声を発したのは、白衣を身にまとった女性だった。

白いブラウスに、細身のジーンズ。肌が異様に白い。日差しの下を歩いたことがないと言っても、信じてしまうくらいに透き通った肌。三十歳前後のように見えるが、老練じみた雰囲気が、見た目の年齢を押し上げていた。

「そうです。五階の病室です。なにか、妙なところはありますか」

肥沼が訊ねる。やりとりから考えるに、この女性は検案医だろう。

「まだなんとも」

答えながら、女性は天を仰いだ。ほっそりした顎から、首にかけてのラインが綺麗だなと思う。無言で、その体勢を保っている。いったいなにを考えているのだろうか。

「やっぱり、自殺ですかね」

肥沼の言葉に、視線を水平に戻した女性は、唇だけを動かす。自身と、無言の対話をしているように見えた。

やがて、唇の動作に声が伴う。

「事故死かもしれないが、病室の窓を見る限り、誤って落ちるとは考えにくい。自殺だろうな」

そう言って歩き出した女性が、青山の方向に向かって歩き出して、すぐに足を止める。

視線が合う。

額に静電気が走ったような、チリチリとした痛みを覚える。剣道の試合時、強敵と防具越しに睨み合ったときに感じるもの。どちらが捕食者なのかを互いに探り合う場で起こる現象。この状況には不似合いな反応に、青山は戸惑いを覚える。

「あ、夏目塔子先生。こちら、警視庁捜査一課の青山さん。めっちゃ強そうでしょう？」

榎木が丁寧な他己紹介をする。

話を聞きながら疑問が頭に浮かんだのだろう。片眉を上げた塔子だったが、その疑問を飲み込んだようだ。代わりに、薄笑いを浮かべる。

「どうも初めまして。捜査一課が二人。事件もないのに、不思議なことだ」

男のような口調。声は女性なので違和感を覚えたが、凜とした容姿と妙に親和性があった。

塔子は続ける。

「もし、なにかあったら、当院に」

その言葉に、青山は眉間に皺を寄せる。なにかあったらとは、どういう意味なのか想像できなかった。

「塔子先生、またよろしくお願いします」

にやにやと笑いながら榎木が言った。鼻の下を伸ばして、だらしない顔をしていた。

塔子は、夏の暑さから隔絶された空間にいるかのように涼しげな様子で立ち去ってしまった。

その後ろ姿を見送ってから、隣にいる秋月を見る。顔が真っ青で、今にも倒れそうだった。

「……おい」

声をかけるが反応はない。青山は、意識して声量を上げる。

「おい。なにかあったのか」

問われた秋月は、身体を震わせた。瀕死《ひんし》の状態から脱したかのようだった。

「……いえ、大丈夫です」

言葉通りに受け取ることができない弱々しい口調の秋月は、会話を拒絶するような空気を発していた。

青山は迷うが、結局、なにも聞かないことにした。

「さて、病室に行きますか」

マイペースな口調で言った榎木が、一人で歩き出した。青山と秋月は後に続き、肥沼とともに建物内に入った。

総合病院という言葉に恥じぬ吹き抜けのロビー。白を基調としているが、色を華やかにすれば、高級ホテルのロビーと見紛うだろう。

エレベーターが四基。到着した一基に乗り込み、五階へと上がる。

エアコンが効いた病室も、窓が開け放しだったので暑かった。それでも、外にいるより快適なのは間違いない。

すれ違いで病室を出ようとした女性とぶつかりそうになった。警察官に伴われた女性は、ハンカチを口元に当てていた。瞳を真っ赤にして、瞼が腫れている。涙で化粧が崩れていた。

「今のが、今回亡くなった人の奥さん」

女性が出ていったのを確認した肥沼が続ける。

「ここから飛び降りた人の名前は、上原隆也《うえはらたかや》。三十歳。センサーとか測定器を扱っている会社に籍を置いていた。社名は忘れたが、高給取りで有名なところらしい。ほかのやつに聞いたら、三十歳の平均年収が二千万くらいあるところということだ。羨ましい限りだよ。現在休職中。あ、過去形だから休職中だった、か。それで、さっき夏目先生が言ったとおり、事故死か自殺。遺書はなし。ちなみに、さっきの奥さんの名前は圭子《けいこ》さん。結構美人でしょう。やはり、高給取りだと美人の奥さんをもらうもんなんですねぇ」

気の抜けた説明。それは表情からも読み取れることだった。自殺なら、それでおしまい。捜査はしない。力を入れる必要はない。

病室を見渡す。

ベッドが一つの個室。ほかに、革張りのソファーが置かれている。テレビも、壁に掛けられた大画面のものだ。三十歳で年収が二千万円。それを裏付けるような豪華な病室だった。

病室の窓に、格子はない。手すりはあるが、転落防止の役割は担っていないだろう。ただ、誤って落ちるような高さでもなかった。

ここから落ちたということは、自らの意思。もしくは、他者の意思によるもの。

「この方、住んでいるところは東京都中央区なのに、どうして、この病院に入院しているのかねぇ」

榎木が、手に持っているバインダーに視線を落としながら訊ねる。調書の資料が挟まれているのだろう。

肥沼は咳払いをする。

「なんでも、ここには脳神経内科で有名な医師がいるらしくて、その治療を受けるつもりだったみたいですね。上原隆也は、半年前に交通事故を起こしていて、左半身不随。車椅子生活となっていた。まぁ、そのことを苦にした自殺って感じでしょうね。医師の話によると、手術はしたものの、効果が表れていなかったようです。今後も、回復は望み薄ということでした」

話を聞きながら、青山は窓際に置かれた車椅子を見る。車椅子で窓際まで行き、身を乗り出して飛び降りる。半身不随ということは、ある程度は身体を動かすことはできただろう。自殺することは難しくはなかったはずだ。

「薬物検査はするんですよね」

「薬物？」

青山の問いに、肥沼は珍獣でも見つけたような視線を向けてくる。

「そうですね。ひととおりのことは、夏目先生がやりますよ。まぁ、事件性なしで片付くでしょうけどね」

肥沼は伸びをしてから、病室を出ていってしまう。

夏目塔子。背が低いのに威圧感を持ったあの女性が、検死や解剖もするのだろうか。

胸の辺りに疼《うず》きを覚える。

青山の本能が、夏目塔子に警戒しろと吠《ほ》えていた。

2

武蔵野東警察署に戻った青山は、小さな会議室で秋月と対面した。空調の効きすぎた部屋は肌寒く、すぐに汗が引いていった。

緊張の面持ちの秋月は、すぐにでもこの場から立ち去りたいと思っているように見える。

青山はエアコンの温度を上げて、パイプ椅子に座った。

「倉持の失踪については、なにか分かったのか。まぁ、結構前のことだから、そんな簡単にはいかないよな」

秋月と倉持が恋人同士だったことを考慮し、なるべく気楽な調子で訊ねる。辛気《しんき》臭くなるのは避けたかった。

秋月は瞬きを繰り返してから口を開く。

「特に進展はありません。ただ……」

そこで言葉を止め、俯《うつむ》く。

「ただ、なんだよ」

続きを喋ろうとしないので続きを促すが、無駄だった。

青山は息を吐き出す。

「まぁ、その件はいい。それよりも、ちょっと聞きたいことがあるんだ」

「……なんでしょう」

「漠然とした聞き方で申しわけないんだが、このエリアで、なにか妙なことが起こっていると聞いたことはないか」

「それ、青山さんがここに来られた件に関係しているんでしょうか」

「それには答えられない」回答を拒否した青山は続ける。

「で、どうなんだ」

「どう、と言われましても……」

語尾をしぼませた秋月は、唇に指を当てた。

その様子を不審に思う。青山の問いに対する答えを考えているというよりも、青山に答えを伝えていいのか熟考しているような印象を受ける。

「なにか思い当たる節でもあるのか」

「いえ、特にないですね」

「本当か？」

目を細めて睨む。それを平然と受ける秋月。

「嘘を吐いてどうするんですか」

あくまで冷静な応対。それが余計に怪しく感じる。

押し問答をしていても埒《らち》が明かないと判断した青山は、質問を変えた。

「先ほどの病院で会った、夏目塔子先生だっけ？　あの人は、どんな人なんだ」

その問いに、秋月の頰が僅かに痙攣する。

「どんな人……私にはよく分かりません」

「そうか？　でも、さっきのお前、夏目先生を見て顔を真っ青にしていたぞ」

夏目塔子を見たときの秋月は、今にも卒倒しそうな様子だった。遺体の確認をしている医師を見ただけで、あんな状態になるのは明らかに変だ。

「夏目先生と、なにかあったんじゃないのか？」

青山の言葉に、秋月は目を大きく見開いた。動揺。いや、動揺と表現するのは生温いほどの狼狽《ろうばい》ぶりだった。

「……あのときは、急に具合が悪くなっただけです。あ、また調子が悪くなってきました。一度、切り上げていいですか」

そう言うが早いか、身体を反転させた秋月は、会議室から出ていってしまう。

一人になった青山は、腕を組む。

秋月はなにかを秘匿《ひとく》している。なにを隠しているのか、どうして隠しているのかは分からなかったが、知る必要があると感じた。

ゆっくりと攻めていこうと決める。青山は立ち上がり、捜査資料が置かれている書庫に向かおうとしたが、その前に冬馬の家に行くことにする。

報告することがあった。

電車を乗り継ぎ、駒込《こまごめ》駅で降りる。

駅前の比較的活気のあるエリアから抜け出し、住宅街へと向かう。大通りから一本横道に入り、車一台がやっと通れるかどうかの道を進んだ先に、冬馬の家はあった。

正面の門をくぐる。インターホンを押そうとすると、玄関の引き戸が開いた。

冴子が立っていた。

「こんにちは」

背の低い冴子が見上げてくる。その目は大きく、まるで西洋の人形のようだった。

不意打ちを食らった青山の身体は硬直し、声を発することができなかった。

冬馬の従妹である冴子は、週に何度か冬馬の家を訪問して、買い出しや身の回りの世話をしている。ほとんど引きこもりの状態の冬馬にとって、冴子は生命線だ。そして、青山にとっては、この場所に足繁く通う理由の一つであり、もっとも大きな目的と言っても過言ではない。冴子の献身に、何度か冬馬との関係を疑ったが、そのことを冬馬に問いただすと、ただのハウスキーパーみたいなもので特別なことなど一切ないと小馬鹿にするような視線を向けてきた。

とりあえず、青山はその主張を信じている。

「冬馬さんにご用ですよね」

「あ、はい」

自分でも間抜けだと感じる、気の抜けた声。顔が火照《ほて》る。

「居間で寝転んでいますよ。ちょうど、昼ご飯を食べ終えたところです」

そう言った冴子は、ショルダーバッグを肩にかけ直す。

「もう、帰られるんですか」

「はい。もう買い出しも終わりましたから」

冴子は頭を下げて、正面の門を通って姿を消した。

もう少し話ができれば良かったなと落胆したが、今日の目的は別にあったので、気を取り直して家に上がった。

廊下を抜けて居間に入る。

冴子が言うとおり、冬馬は仰向けになって天井を見ていた。そして、青山を一瞥してから、つまらないものでも見てしまったかのようにため息を吐いた。

冬には炬燵《こたつ》として使われているちゃぶ台の上には、箸置きが一つだけ置かれていた。冴子が片付け忘れたのだろう。

「なにしに来たんだ」

ゲップをした冬馬は、腹の辺りに手を置いた。

「冴子さんに、なにを作ってもらったんだ」

恨みがましい口調で問うと、天井を見たままの冬馬は眉間に皺を作る。

「今日は、冷やし中華だった。茹《ゆ》でるだけで簡単に作れる手抜き料理だ」

「作ってくれた人に失礼だろ」

半ば本気で怒ったが、冬馬の心には一切響かないようだ。

冴子のことだから、野菜などの具材をたくさん盛っているに違いない。冷やし中華は案外手間がかかる。部屋に鶏ガラの香りが残っているので、スープなども作ったのだろう。

冴子は、冬馬の健康を意識した食事を心がけており、いつも手の込んだものを用意していた。

それを、目の前の男は手抜き料理だと言った。嫉妬《しっと》も相まって、殴ってやりたい衝動に駆られる。

湧き出た感情を胆力で抑え込んだ青山は、その場で胡坐をかいた。

「この前の事件だが、解決したぞ」

「……この前の事件？　なんだそれは」

「錦糸町で起きた殺人事件だよ」

ノミ行為と金貸しをやっていた戸塚が殺された事件。容疑者は二人いた。百二十万円の借金を背負っている川岸と、三十万円のツケがあった森田。

「あぁ、そんなこともあったな。解決したのか。まぁ、僕には関係ないが」

興味なさそうに呟くが、表情から察するに、内心では興味津々のようだ。

「お前の言うとおり、痴情のもつれだったよ」

捜査本部の捜査方針は、金銭トラブルによるもので、川岸が容疑者として一度は逮捕された。これは、担当検事である稲城の方針でもあった。

最初に森田が被害者宅を訪れ、次に川岸が家の中に入った。森田が被害者を手にかけていれば、川岸は警察に通報したはずだということも、この方針を後押しした。

しかし、実際は痴情のもつれによるものだった。被害者である戸塚と森田は付き合っていた。男同士ということで、二人は周囲にそれを黙っていたし、細心の注意を払っていたらしい。その付き合いを止めたいと言った森田に対し、頑《がん》として同意しない戸塚との仲が拗れた。そして、事件は起こる。戸塚が撮影した森田との情事の動画をバラまくと脅したことが発端だった。実際には動画は存在しなかったが、森田はそれを信じ、咄嗟に鈍器で殴ったらしい。衝動的殺人だった。

凶器を持って逃げ出した森田のあとに、川岸が被害者宅を訪れた。第一発見者である川岸は、放置すれば死ぬであろう被害者を放置し、金庫は開けられなかったが財布の金を盗んでいた。借金がかさんでいたし、もともと戸塚のことが嫌いだったから、死んでもらったほうが清々すると考えていた。

森田が衝動的に戸塚を瀕死の状態に追いやり、川岸が金を盗んで見殺しにした。

容疑者二人は、どちらも罪人だった。

事件を複雑にしていたのは、互いに意識していない共犯関係によるものだった。

——緩やかな共犯関係。

これは稲城の言葉だったが、言い得て妙だと思う。

「お前のおかげで、真犯人が捕まった。感謝する」

詳しいことは説明しなかったが、冬馬はそれだけで十分満足している様子だった。

感謝の意を伝えた青山は、縁側の先に見える猫の額ほどの庭を一瞥してから、本題に入る。

「実は、もう一つ聞いてほしいことが……」

言葉の途中で飛び上がって逃げようとしたので、立ち上がって首根っこを摑む。

冬馬は、ぐえ、と妙な声を発して抵抗するが、勝ち目がないと悟ったのか、すぐに大人しくなり、その場に正座する。

逃げる意思がないことを確認した青山も、胡坐をかいた。

その途端に逃げ出そうとしたので、再度、首根っこを摑む。

今度は一言も発しなかった。

無理やり座らせてから、話を始める。

「入院していた男が、五階にある病室の窓から落下して死んだんだ」

小金井北総合病院で起きた件を話す。内容はそれほど難しくなかったので、説明はすぐに終わった。

「警察は自殺だと考えているんだが、なんとなく、そうではない気がするんだ」

そう締めくくると、冬馬は不思議そうな顔をする。

「そうではないと思った理由は、なんだ？」

「……直感というやつだ」

その言葉に、冬馬は苦いものでも食べたかのように顔をしかめ、舌を出した。

「直感は否定しないが、それだけじゃ、信じるに値しない。なにか妙に思った部分はないのか？」

そう問われた青山は、目を閉じて、建物の前に倒れていた男のことを考える。違和感はない。男は身体を壊しており、会社を休職中だった。有名な脳神経内科医を頼って小金井北総合病院に入院し、手術を終えたが、予後は順調ではなかったらしい。自殺をする動機はある。

「……いや、妙なところは今のところない」

ただ、と続ける。

「検視に来た医者がいるんだ。夏目塔子っていう名前なんだが、若くて美人だった」

「その医者が怪しかったのか？」

「いや」首を横に振る。

「若くて、美人だったというだけだ」

塔子を見たときに、警戒すべき人物であると感じたことは黙っておいた。

「……君、本当に刑事か」

ため息交じりに冬馬が言う。

「まぁな。これでも、捜査一課では有望株だ」

胸を張る。冬馬が見つけ出した手掛かりによって数々の事件を解決に導き、それを自分の手柄にしてきた青山だったが、それも実力のうちだと割り切っていた。

冬馬は、外に出ることはほとんどない。そのため、推理をするための材料は青山がもたらしたものだけだった。

強迫神経症の冬馬は、いろいろなことが不安になり、調べなければ気が済まない男だった。それが強迫神経症に因《よ》るものなのか、ただの性格上のものなのかは分からないが、事件の中で起こった小さなことによく気付き、それが解決の糸口となることが多々あった。

刑事の視点とは少し違う見方をする冬馬は、青山にとっては事件解決への水先案内人だった。

「なにか思い出すことはないのか。なければ、もうこの話は終わりだ」

急《せ》き立てる冬馬は、話を切り上げたくてうずうずしているようだった。

そうはさせまいと、青山は視線を畳に落とし、必死に考える。

「……病院の五階から落ちた男は、うつ伏せに倒れていた。頭からコンクリートの縁石に激突していて、あれじゃあ即死だっただろうな。もし、その先にある芝生に落ちていたら、命は助かっていたかもしれない……。ただ、頭から落ちていたからな。結果は同じだっただろうな」

思いついたことを、つらつらと呟く。

やはり、妙なことはなさそうだ。

そう結論付けてから顔を上げると、冬馬が不安そうな表情を浮かべていた。細かいことに気付いたときの顔だ。

「……激突した縁石は、建物からどのくらい離れていたんだ？」

「たしか、一メートルくらいだった気がする……二メートルかもしれない」

その言葉を聞いた冬馬は、怪訝そうな表情を浮かべた。そして、さも常識であるかのように言った。

「なんだ。それは自殺じゃない。他殺の可能性が高い」

「……どうして、そんなことが言えるんだ」

「こんな簡単なことも分からないのか」

むくりと起き上がった冬馬は、ちゃぶ台の上に載っている箸置きを、指で弾いた。

箸置きは、弧を描いてちゃぶ台から転がり落ちた。

「ほら、これが理由だ」

冬馬が見つめてくる。

「絶対ではないが、おそらく男は突き落とされたんだろう。犯人は、落ちたときに一緒にいた奴だ」

3

表参道《おもてさんどう》で買い物を終えた圭子は、一人でも入りやすいカフェ風のレストランに入ってサラダとパスタを食べ、帰路についた。

手に持っているプラダのショッピングバッグが煩わしい。憂《う》さ晴らしのためだけの買い物。特に欲しいわけでもないもの。不要なものだった。

首尾良く、旦那を殺せた——いや、あのとき、抵抗しようと思えばできたはずだ。睡眠導入剤を大量に飲んでいたとしても、抗《あらが》えたはずだ。それなのに、旦那は少し暴れたあと、諦観した顔をして大人しくなり、そして、落ちた。だから、あれは殺人ではなく自殺だ。そう思うことにした。

これで、次に進める。

足取りは軽い。しかし、不安がないわけではなかった。警察は自殺だということで捜査を終わらせたようだが、いつ、その決定が覆るか分からない。ドラマとかであるように、不審な点に気付いた刑事が突然訪問してくるかもしれない。

不安はある。しかし、大丈夫だという思いもあった。

旦那は解剖された。睡眠導入剤の成分は検出されたかもしれないが、そのことを言及されることはなかった。溶かして、相当量を飲ませた。自殺する前に自ら服用したと解釈されたのかもしれない。

大丈夫。そう自分に言い聞かせる。

もうそろそろ家に着く。五年前に約一億円で買ったマンション。虚栄心を満足させる造り。駅から十分ほど歩くのが欠点だが、それ以外に不満はない。旦那が死んだから、住宅ローンの残債務はなくなる。ただ、旦那の臭いが残ったマンションにいつまでも居座るつもりはない。売却すれば、まとまった金になる。駅から近い場所に買い直そう。新しい人生を生きる。

ふと目を上げると、マンションの近くでうずくまっている女性がいた。

歩きながら、それとなく様子を窺う。

お腹が大きい。妊婦だった。苦しそうに呻いている。

「……大丈夫ですか」

少しだけ面倒だなと思いつつも、見捨てることはできなかった。

うずくまっている女性が、振り返る。唇が青く、顔色も悪い。

そして、ずいぶんと若いように見える。

「大丈夫ですか」

もう一度問う。すると、女性は下唇を噛んだ。

「破水、したかもしれないんです」

その言葉に、ぎょっとする。

よく見ると、ズボンが濡れていた。

「ど、どうしよう」

圭子は動揺する。

「と、ともかく警察、いや、救急車を……」

バッグからスマートフォンを取り出した。

そのとき、すぐそばに黒いミニバンが停まり、運転席から男が降りてきた。細身の男。年齢も分かりにくく、妙に印象が薄かった。

「どうされたんですか」

男は心配そうな顔で訊ねてくる。

「こ、この方が、破水したみたいで」

気が動転して、上手く喋ることができない。旦那を窓から突き落としたときよりも、心臓が高鳴っていた。旦那と愛し合っていた頃、圭子は過去に一度妊娠し、流産している。そのときの悲しみは、もう経験したくなかったし、他人に経験してほしくもなかった。流産を経験した直後は、心療内科に通い、セミナーなどにも参加していた。

「救急車は呼びましたか？」

男の問いに、圭子は首を横に振った。

「え、いえ、これから……」

「電話は私がします！　ともかく、横にならせてあげてください」

急《せ》かすように言った男はスマートフォンを取り出しつつ、ミニバンの後部座席の扉をスライドさせた。

「え、でも……」

見知らぬ男の車に女性を乗せるということに抵抗を感じる。

「あ、すみません。目の前に破水した方がいるんですけど」

男はスマートフォンを耳に当てながら、手で早くと合図をしてくる。

「そうです。はい。救急車をお願いします。場所は……」

女性の呻き声が大きくなる。

「……お、お願いです。車に乗せてください」

圭子は焦りつつも、言われたとおりにする。男は救急車を呼んでいるようだし、危険はないと判断した。

女性の身体を支えながら、後部座席に足をかける。そのとき、女性の髪に違和感を覚える。地毛ではないような気がした。精巧な作りだが、ウィッグに見える。

どうして、ウィッグを？

絶対に変だというわけではない。ファッションでウィッグをつける人はいる。しかし、胸騒ぎがした。

後部座席に女性を横たわらせる。

汗が噴き出た。本能が、危険を察知した。ここから逃げなければ。

だが、それは叶《かな》わなかった。

電話をしていたはずの男が後部座席のドアを閉める。

そして、今まで苦しんでいた女性が羽交い締めにしてきて、圭子の首筋に痛みが走った。

4

机の上の仕事を片付けた稲城勇人は、背凭れに寄り掛かった。

ベルトを緩める。最近、腹回りの肉が看過《かんか》できないほどにまで増えていた。もう少し、容疑者を締め上げるために道場で乱取りをしなければならないと考える。それか、自宅の近くにできたジムに通うかとも思うが、その時間を仕事に充てたほうが有意義だ。

検察合同庁舎の一室。

検事部屋には机が三つ。二人の検事はすでに帰宅していたが、稲城は仕事を続けていた。人が寝ている間にも仕事をする。睡眠は堕落だという思想の持ち主である稲城は、堕落を好む人間は阿呆《あほう》だと思っていた。よく寝て、よく遊ぶ阿呆どもを心の底から軽蔑していた。軽々しい決意で、努力とも言えぬ努力で自己満足し、いっぱしの人間になった気になっている。そのくせ、自分には不満を垂れる権利があると言わんばかりの態度を取る。世間の不公平を嘆く。文句を放つ。自分の現状を不運によるものだと決めつけ、思考を停止させ、その状態に耽溺《たんでき》する。

唾棄《だき》すべき阿呆ども。

ただ、彼らは路傍《ろぼう》の石のような存在であり、歯牙《しが》にかける必要も、価値もない。社会に害悪を及ぼさない。憎む対象ではない。

稲城が憎むのは犯罪者だ。いや、犯罪者個人というよりも、犯罪行為が起こることによって、社会が不安定になることを憎んでいた。

不安定は、より不安定要素を誘引する。

それを防ぐために、稲城が所属する〝藁束《わらたば》の会〟が存在していた。

アメリカの犯罪学者であるジョージ・ケリングが〈割れ窓理論〉というものを考案した。軽い犯罪を見逃さずに徹底的に取り締まることで犯罪抑止に効果があるというものだ。割れた窓を放置すると、そこが管理されていないという象徴となり、やがて凶悪犯罪が増加するということから名付けられた理論だ。一九九四年頃にニューヨーク市がこの考えを採用し、落書きや万引きや駐車違反を取り締まった結果、五年間で殺人が六十七・五パーセント減少したという成果をあげた。

この理論に近い立場に立っているのが、戦後の混乱から秩序を作り上げた藁束の会である。稲城はそこに所属する会員の一人だった。

稲城は検事となって正義の鉄槌を下す権力を手にし、仕事に明け暮れた。その働きぶりに、周囲は呆れた。寸暇《すんか》を惜しんで、ただただ犯罪者を裁き、社会秩序を保とうとした。その成果が認められ、藁束の会から勧誘された。

藁束の会は、社会秩序を安定させることを目的として結成された結社だった。会員は、司法官憲。それに、弁護士や政治家、官僚もいる。要するに、職業や立場を問わず目的を達する能力を有する者がリクルートされ、目的に沿った動きをしている。

犯人の早期逮捕。

これは当たり前のことであり、わざわざ明言するまでもない。犯人が野放しの状態は、社会不安を呼ぶ。

社会の安定を図るために、迅速に犯人を逮捕して事件解決に導く必要がある。ただ、それだけではなく、絶対正義を体現する必要もあった。

検察が起訴した場合の有罪率は九十九％を超える。この数字を維持すること自体が、一定の抑止力を発揮している。事件解決とは、容疑者を有罪にすることまでが含まれているのだ。

この九十九％の中には、犯人が分からない、もしくは、犯人が分かっていても証拠が揃っていないために有罪に持ち込めなそうな事件も含まれている。そこに藁束の会の力学が働いている。

藁束の会は、犯人を捕まえられないと判断した場合には、事件を解決して社会不安を解消するため、調整を加えることになっていた。

犯人が見つかるようなら、その犯人を裁判所に送り込むために全力を尽くす。ただ、犯人が分からない場合や、分かっていても証拠がないために逮捕できない状況もある。そのときは、生贄《いけにえ》を用意する。

生贄には、社会的にいなくなっても影響がなく、容易に犯人に仕立て上げられる人物が選ばれる。

事件が起これば、その周辺には被害者と不仲の人間や、利害関係を持つ人間が必ずいるものだ。その人物を犯人として逮捕し、事件解決を世間に発表し、市民を安堵させる。

もちろん、連続殺人鬼のように、逮捕しない限り殺戮《さつりく》を続けるケースは別だったが、通常、人を殺した人間というのは、止むに止まれぬ状況下で凶行に至る。殺しに味をしめる人間はごく少数。衝動的に殺人を犯した人間は、放っておいても害悪はない。

事件を解決したあとで、逮捕することができない真犯人については、見つけ次第対処していた時期もあった。ただ現在、社会に害をなす異分子の排除を担当していた〝ユーゼニクス〟とは袂《たもと》を分かっており、コントロール下にはなかったために、積極的な対処はしていない。

あの組織を持て余しているというのが正直なところだった。

人間の遺伝的形質を改善して悪質なものを淘汰し、優良な形質だけを保存する？　そんな非科学的な優生思想など馬鹿馬鹿しい。

目元を指で揉んだ稲城は、時計を見る。夜中の二時を回っていた。

普通の人間なら寝ている時間帯だが、稲城は迷わずに電話をかける。

三コール目で繋がった。

〈はい〉

「どうだ」

開口一番に訊ねる。二秒ほどの間を置いて、声が聞こえてきた。

〈……なにも分かっていません。まだ、一日しか経っていないですから〉

眠たそうな調子だったが、はっきりとした返答。寝起きにしては及第点。

「一日も経ったんだ。アウトラインを固めることくらいはできただろう。しかも、まだ二時だ。今日は終わってはいない」

〈……さっきまで、資料の山を行き来していたんです。それに……〉

言いたいことを口走ろうとして、それを抑え込んだような間。

〈……武蔵野東警察署界隈《かいわい》の不審な行方不明事案について、署内の資料を確認しました。稲城検事からいただいた名簿と照合したところ、たしかに彼らは行方不明になっていました。ただ、行方不明者届が出ていないケースもあって、警察は積極的に介入していないみたいです〉

稲城は、机を指でタップする。

藁束の会には、そこから派生したユーゼニクスのやりかたを好まない者も多い。

マクロの視点に立って、社会不安を解消しようとする藁束の会に対して、ユーゼニクスはミクロの視点で物事を考えており、社会構成に不要とされる人間を掃討することを理念に掲げている。不穏分子《ふおんぶんし》を排除するという点では同じ理念。もともとは藁束の会の下部組織だったユーゼニクス。両者は持ちつ持たれつの関係を維持していたが、最近の単独行動は目に余るものがある。

結果、ユーゼニクスを解体するという決定が下されるのも時間の問題というところまで来ていた。それに、ユーゼニクスも一枚岩ではないという噂もあった。

会員数や会員の質からして、力の差は歴然。潰すのは簡単だが、分離して三十年ほどが経っている。藁束の会は、掃討作戦前に、ユーゼニクスの勢力調査をすることにしたのだ。

そして、調査対象となったのが、武蔵野東警察署管内を含む一帯だった。

行方不明者が多いエリアはほかにもあったが、事件性なしと判断された死者の周囲に行方不明者が出るという案件は、多摩地域が群を抜いており、まずは直近で同様のケースが発生した武蔵野東警察署を調べることになった。

東京二十三区の不自然死については、東京都監察医務院が死体検案書を発行するが、多摩・島しょ地域については、登録した大学病院の医師や一般医院の医師が対応する。

ここに、なにかしらの理由があると推定できる。

〈どうして、私なんですか？〉

疑問が耳に届く。

「質問の意図が分からない」

一瞬の間。

〈……どうして、私が稲城検事に選ばれたのでしょうか〉

青山を選んだ理由。それは、手足としての資質を探るためだった。藁東の会で働く資質があるかを試すテスト。

資産家の家に生まれたり、容姿に恵まれて生まれたりすることと同様に、幸運を持って生まれる人間は存在する。それは才能であり、その才能を活《い》かして事件を解決していると評判の青山は、それだけでも評価できる。馬鹿でも、幸運で乗り切るという才能は重要だ。藁東の会の頭脳にはなれないが、頭脳にも手足が必要だ。

少し前に発生した錦糸町での殺人事件で、捜査方針とは別の主張をし、それが見事当たっていた。素質は十分にあると踏んでいた。

〈……どうかされましたか〉

再びの問い。

真意を告げるつもりなどなかった。

「お前を選んだのは、優秀だという評判を聞いたからだ。失望させるなよ。明日、また指示を出す」

そう言って電話を切った。

本当のことを言うわけがない。手足が思考する必要はない。


一時間ほど仕事をこなし、検察合同庁舎を出る。

疲れはするものの、充実感が上回っていた。

一日に、いくつもの事件が配分される。

東京地方検察庁は、起訴までを担当する刑事部と、裁判所での法廷活動をする公判部に分かれている。通常、検事はどちらかに所属するが、稲城は、起訴から法廷活動まで担当することが多かった。すべては、より良い世の中にするため。絶対正義の体現。そのために、身を捧げるつもりだった。

夜になっても、気温はほとんど下がっていないようだった。暑さに辟易しつつ、足を前に進める。通勤時間を短縮するため、霞ケ関《かすみがせき》駅から徒歩圏内のマンションに住んでいた。

通行人の姿はない。ときどき車道を車が走っているが、ほとんどがタクシーだった。

帰っても待つ人はいない。結婚というものに魅力を感じていなかった。

唐突に、背後に寒気を感じる。

振り向く暇もなかった。

痛み。身体から力が逃げていき、目の前が暗くなった。


強引に寸断された意識が戻ったとき、激しい頭痛に襲われて顔を歪めた。

頭の中で、紙を激しく擦るような不快な音。瞼を震わせた稲城は、ゆっくりと目を開く。眼球に痛みもあったが、無理やりこじ開けた。

そこは、白で統一された世界だった。

意識が覚醒したばかりなので、視界が霞んでいる。顔に手を持っていこうとするが、それは叶わなかった。後ろ手に縛られ、椅子に座らされていた。

白い空間。四角い。どこかの建物の中。それほど広くはないが、大きさを測ることができなかった。どうやら、その中央付近にいるようだ。それはたしかだ。

「起きたみたいだな」

声がする。

真っ白な人影が立っていた。天井にある照明の強い光に加え、目に靄がかかったような状態だったため、顔を認識することができなかった。

「ご足労いただき、感謝する」

口調は男っぽいが、声は女のようだ。声の高い男とも考えられる。

稲城は警戒しつつ、思考を辿る。

仕事を終えて外に出て、後ろから襲われた。首筋に、痛みが走ったような記憶が残っている。即効性がある薬物を注射されたのだろう。そんなもの、市販されていないはずだ。つまり、それなりに規模の大きな組織の犯行。それか、医療関係者によるもの。

後者の可能性を考えたのは、ここが、病院の処置室のように見えたからだ。いや、生命的なものが一切排除された解剖室といったほうが近い。白い布がかけられている部分。あれは、解剖台なのかもしれない。

ここがどこなのか。目の前の白い影はいったい何者なのか。

様々な疑問が頭の中に去来《きょらい》したものの、すべての疑問に答えてくれることはないだろう。もっとも、聞きたいことは一つだけだ。

「俺を殺すつもりなのか」

相手を睨みつけながら訊ねる。

はっきりとは認識できなかったが、白い影が微かに笑ったような気がした。

「なにが可笑しい」

歯を剝き出しにする。白い影が揺れる。

「危機的状況下にあるとは思えない態度だな」

稲城は鼻を鳴らした。

「命乞いをして、命が助かると思うほど楽天家じゃないからな」

弱さを見せたところで状況は好転しないだろう。俺は諦めることを知らない人間だ。最後の最後まで、抗う。

「命乞い。……まぁ、そのとおりかもしれないが」

解釈の余地を残す回答だなと思うが、甘えを排除する。

やはり、殺すつもりなのだろう。ただ、少なくともすぐに殺されないのはたしかだ。こうして目を覚ますのを待つのは、なにか情報が欲しいからだろう。

「なにが聞きたい？」

あらゆる選択肢を頭の中で考えながら訊ねる。

「聞きたいことがあると、どうして思う」

「世間話の相手を探していたわけじゃないだろう。早く本題を話せ」

「話し終えたら、用なしになって殺されるかもしれないのにか？」

「話せ」

稲城は言い放つ。

恐怖心はほとんどなく、苛立ちばかりが募《つの》っていた。こうしてむざむざ捕まったことに対する怒り。主導権を握ることができない状況に対する怒り。

そのとき、背後から物音が聞こえてきた。

ガサガサガサ。

ガチャガチャガチャ。

首を曲げて後ろを見て確認しようとするが、音の原因を視界に捉えることはできなかった。

「……なんの音だ」

答える代わりに、白い影は一歩近づいてきた。光のバリアから外れ、顔が認識できる。

――顔の部分がホワイトアウトしていた。

目がおかしくなってしまったのかと思ったが、白い影は、真っ白の包帯を巻いていた。目と口だけは開いているが、それ以外は全身が白ずくめ。異様だと思う反面、殺される確率が少しだけ低減したと感じた。殺すつもりなら、顔を隠すことはないだろう。もしくは、顔に火傷《やけど》などがあって普段から顔を隠して生きているのかもしれない。

背が低い。やはり、女か。いや、背の低い男かもしれない。視界が霞んで、顔の細部を認識することができなかった。

「藁束の会の稲城検事とは、話をしてみたいと思っていたんだ。それが叶って光栄だよ」

「お前……」

口を噤《つぐ》む。藁束の会を知る人間は、藁束の会とユーゼニクスだけだ。

こいつは、メンバーなのか。

一瞬その可能性が頭を過《よぎ》ったが、すぐに打ち消す。藁束の会は、世の中を正常な状態にするという崇高な理念のもとに集まっているため、利権などはない。仲間割れをする理由はなく、そもそも、純粋な正義感を持つ人間しかリクルートされていない。会員同士の結束は固い。

口元に変化はなかったが、白い影が笑ったように感じる。

「藁束の会というのは、なかなか謙虚な名前だな。個人での能力には限界があるから、小さな力を結束して世の中を良くしていこうという理念から命名されたんだろう？　しかし創設者もそうだが、藁束の会は、個の力が強大な奴ばかりじゃないか」

「……ずいぶんと詳しいな」

個の力の限界を認識し、団結することで力を発揮する。それこそ藁束の会の理念だった。

創設者は諸説あるが、陽明学者である安岡正篤《やすおかまさひろ》が関わっているという噂もあった。戦前は華族や軍人に心酔者《しんすいしゃ》を出し、終戦時に天皇の玉音放送を刪修《さんしゅう》し、政財界に大きな影響力を持った男。三菱《みつびし》グループや住友《すみとも》グループ、東京電力などの財界人を指南したとされる。

ガサガサガサガサ。ガチャガチャガチャガチャ。不快な音。

白い影は、もう一歩近づいてきた。

「これでも、勉強は好きだったんでね」

「……お前、何者なんだ」

その問いに、白い影が笑う。包帯から赤い口が覗いたので、今度は明らかだった。

「稲城検事が調べようとしていた人物だよ。一兵卒《いっぺいそつ》の刑事を使って」

一瞬、なにを言っているのか分からなかったが、すぐに思い当たる。

「ユーゼニクスか」

「当たり。お前たちの組織から生まれた小間使いだ」

小間使い。言い得て妙だ。

藁束の会は、社会の安定を第一義に据えており、事件の解決を最優先事項としている。そのため、真犯人を挙げられない場合は、代わりに生贄を捧げて安定化を図る。ユーゼニクスは、藁束の会が取りこぼし、法律で裁けず見逃された悪人を消す組織だった。会員は、医師や鑑識、葬儀社やごみ処理施設を持つ人間。自然に遺体を葬る工程に必要な人材が集められていた。もちろん、実際に手を下す役割を担う人間もいるが、この役目は素質のある人間から選ばれるので、特定の職業に偏《かたよ》ってはいない。

ただ、これは共闘関係にあった時代の話であり、現在のユーゼニクスがどういう組織になっているのかは不明だった。

「ご立派なユーゼニクスから招待されるとは光栄だ。それで、用件はなんだ。早く済ませてくれ」

苛立ちを抑えきれなかった。叫びたい衝動に駆られる。

ユーゼニクスを調査し、壊滅させようとしていたにも拘らず、反対に捕らわれて、殺されそうになっている。

「そう焦るな」白い影は、もったいぶるような緩慢な口調で続ける。

「ユーゼニクスが藁束の会から完全に分離してから三十年ほどが経ったが、お前たちは本当に甘いと常々思っていた。犯人の検挙が難航すると判断した場合、誰でもいいから犯人に仕立て、社会的な安定を図ろうとしている。……そんなことで、本当に社会が良くなると思ったのか」

稲城は鼻を鳴らす。

「思った、ではなく、思っている、だ。悪人を裁いたところで限界がある。社会から悪人を一掃するなど不可能。我々は、犯罪は必ず解決されて、秩序は必ず回復するという状態を作る必要があると考えている。そうすれば社会が安定し、悪人が発現する確率を下げることができる。それこそが重要なんだよ」

「割れ窓理論か。それが甘いと言っているんだ」白い影は、唾棄すべきことであるかのような口調で続ける。

「ユーゼニクスは、悪に染まった人間を、すべてこの世から抹殺することが望ましいと考えている」

「優生学という名を冠した組織らしい、大時代《おおじだい》的で極端な発想だな」

「その発想を、民衆は支持しているんだよ。悪人は更生し得ない異分子であり、民衆は極刑を望んでいる。誰もが、犯罪者の刑罰が軽いと考えている。法による罰則強化は難しいが、法の基準値への刑罰の加算をユーゼニクスがしているんだ。悪として育った芽を取り除く。単純に、悪人は殺す。もっともシンプルなことこそが、真実なんだよ」

稲城が反論しようとするが、白い影は手でそれを押し止《とど》める。

「議論をするためにここに招待したわけじゃない。少しは、我々の活動を知ってもらおうと思ったんだ」

そう言うと、白い影が近づいてきた。

稲城は身構えたが、白い影は通りすぎて見えなくなった。

ガサガサガサガサガサガサ。ガチャガチャガチャ。ガチャガチャガチャ。ガサガサガサ。ガチャガチャガチャ。

「ちょうどいい実験台が手に入ったんだ。少し見学してくれ」

そう言いつつ目の前に持ってきたのは、ステンレス製の解剖台だった。脚に、キャスターが取り付けられている。

解剖台の上には、女性が横たわっていた。

身動きが取れないよう、手足や胴体が解剖台に固定されていた。木の台座に載った頭はバンドで固定されており、口に猿轡をされている。

「私は、ただ悪人を減らすだけではなく、減らすプロセスも有意義にしようと考えている」白い影が続ける。

「先日、半身不随の男が死んだ。警察は飛び降り自殺と判断したが、男が倒れていた場所が不自然だったんだよ」

そう言って、白い影は横たわっている女性の頬を指で撫《な》でる。女性は目を大きく見開き、恐怖に慄《おのの》いている様子だった。

「半身不随の人間が飛び降り自殺をした場合、建物に沿って落下するから、着地点は建物の近くになるはずだ。それなのに、遺体の着地点は建物から二メートル近くも離れていた。これは、なにかしらの力が加わったと考えられる。何者かによって突き落とされたりとかな。それで、遺体を調べてみると、睡眠導入剤の成分が検出された。しかも、かなりの量だ。病院では眠れないと訴える患者に睡眠導入剤を処方していたらしいが、一度に飲む量ではなかった。おそらく男は力の入らない状態にされて、窓から突き落とされたのだと考えた」

一呼吸入れて続ける。

「私は、男の妻を疑い、調査をした。結果は、黒。救いようのない悪人だったよ。念のため病院内に取り付けられているすべての防犯カメラの映像を警察内の仲間に確認させたが、ばっちりと映っていた。妻は、病室に行って、ソファーで横になって仮眠を取っていたときに、夫が突然飛び降りたと言っていたが、病室に入って睡眠薬を飲ませて突き落としたに違いない。……そう確信したから、あの一件は自殺ということで処理された」

「自殺？」稲城は眉間の皺を深める。

「そこまで分かっていて、どうして自殺になる」

「そこまで分かっていても、自殺にすることはできるんだ」

稲城は口の端だけで笑う。大方、ユーゼニクスが自殺という結論になるように工作し、警察の手が及ばないようにした上で、犯人をこうして捕らえたのだろう。法に依る刑罰ではなく、私刑を下すために。

白い影の指が、女性の鼻筋から顎に至る。

「この女は酷《ひど》い奴なんだよ。夫が半身不随になって仕事ができなくなったら、ほかに男を作った。殺害したのは、離婚はしないと夫に拒否されたからだと吐いたよ。自分の思いどおりにならないから殺す。なんて短絡的なんだろうな。こういった人間を、甘ちゃんの法律に委《ゆだ》ねるわけにはいかないだろう？」

同意を求めてくる。

この女を裁いたとしても、二十年も刑務所にいることはないだろう。見たところ、二十代前半。四十歳前後には出てくる。まだ人生を謳歌《おうか》できる年齢だ。

「まぁ、その話が本当なら、こんな女、この世からいなくなっても問題ないな」

「そうだろう？」声が弾む。

「生かしておく理由は皆無。同意を得られたところで……そろそろ始めようか」

白い影はそう言ってから解剖台を離れ、再び稲城の背後に行って姿を消す。

「今から、実験を行う」

キャスターが付いた台を押しながら戻ってくる。台の上には、チェーンソーや小型のドリル、そして、スポンジ、瓶なども置いてあった。

なにをするのか、見当もつかない。

白い影はマスクとゴーグルをつけ、小さな咳払いをした。やはり、男なのか女なのか分からなかった。

「十九世紀前半、カール・アウグスト・ヴァインホルトという学者が、首を切断した子猫を蘇生させる実験に成功したと〝実験生理学的手法による生命およびその主たる力に関する実験〟という論文に書いているんだ。知っているか？」

「知るわけないだろう」

稲城が答えると、白い影は僅かに口を窄《すぼ》めた。

「そうだろうな。この実験が行われたことは歴史学者の間では認められているが、結果は捏造《ねつぞう》だと断じている。猫での実験成功に味をしめたヴァインホルトは、人間での実験を試みようとしたが、ドイツ当局は人体を用いた電気実験を禁止していたため、結局それは叶わなかった。戦争中だったら認められたかもしれないが、タイミングが悪かった。ともかく、ヴァインホルトの知的好奇心を満たすことはできなかった。だから、私が代わりにやってみて、真偽を確かめようと思う。もちろん、罪のない猫を使うような野蛮なことはしない。この実験の被験者は、ここにいる罪人だ」

その言葉を聞いた女性は身体を激しく揺さぶる。逃れようと必死に動くが、拘束を解くことはできなかった。

「安心してくれ。もし生き返ったら、お前の罪は許される。一度、死んだのだからな。しかも、科学に貢献したという功労賞すらもらえる。本当は、実験前に睡眠導入剤でも飲ませてやろうかと思ったんだが、お前が夫に使ってしまったからな。在庫なしということで、我慢してくれ」

白い影はチェーンソーを起動させる。

エンジンの激しい稼働音が部屋中に響く。

女性は逃れようと必死に動く。猿轡の隙間から、大量の唾液が出てきていた。それが泡となって空中に飛んでいた。

白い影が、女性の首にチェーンソーの刃を当てる。次の瞬間、大量の血が部屋中に飛び散った。

白い影が、赤い影になる。

女性は声の代わりに、空気が漏れる音を発した。

呆気《あっけ》ないほど簡単に、頭部と胴体が切り離された。

チェーンソーを止めた赤い影は、猿轡を外し、次の道具を手に取った。

「さて、次はプローブを使って脊髄《せきずい》を完全に空洞にする」

スポンジを取り付けたスクリュー式のドリルのようなものを、頭部に残っている脊髄に押し込んだ。

「こういったものは、鮮度が大切だからな」

作業を終えた赤い影は、台に置いてあった瓶の蓋《ふた》を開けて、そこに入っている液体を首から流し込む。

「これは、銀と亜鉛の混合物だ。当時の資料と同じものを作った。ヴァインホルトの主張では、これらの金属が電池の役割を果たして電流を発生させるらしい」

瓶の中が空になると、鉄製らしき蓋を首に嵌《は》める。あらかじめ首のサイズを測っていたのだろう。その蓋は首の切断面を綺麗に隠した。

蓋が台の役目になっており、頭部は綺麗に立っていた。解剖台から頭が生えたように見える。

苦痛と恐怖に歪んだ顔は、ぐちゃぐちゃだった。自らの血飛沫《ちしぶき》によって、凄惨《せいさん》さを二乗にしている。

ピクリとも動かなかった。

赤い影は、女性の頭部を手で小突く。目玉が半分ほど飛び出た顔が横たわる。

「ふむ……。ヴァインホルトは嘘つきだったたってことだな。まぁ、当然だろうな」

なんの感慨もなく呟いた。

稲城は今にも吐きそうだったが、それを必死で堪《こら》えつつ、口を開く。

「……さすがに、悪趣味だろう」

「悪趣味？」

マスクとゴーグルを外した赤い影が笑う。その口も、血のように真っ赤だった。

「これは、歴《れっき》とした実験だよ。ヴァインホルトが肯定し、歴史が否定した実験を実際に試してみて、真偽を探るんだ。無価値の人間に、価値を与えたんだよ」

一度言葉を切った赤い影は、顔に巻いた包帯を取る。

「人間を尊厳ではなく、価値の優劣において理解し判断する。それが我々ユーゼニクスなんだ」

まるで、それこそが、この世で唯一の真理であるかのような口調だった。

潮時だ。

歯を食いしばった稲城は、全身に渾身《こんしん》の力を込めた。

「うおおおおおおおおお！」

雄叫《おたけ》びを上げつつ、手を縛っているものを引きちぎろうとする。いや、指を、手を、腕を引きちぎろうとした。

全身の筋肉が軋み、筋繊維が千切れる音が聞こえてくるようだった。

食いしばった口から、血が溢《あふ》れ出る。歯が食い込み、歯茎が裂ける。

このまま抵抗せずに殺されるほど、軟弱ではない。

自らの力で手足をもぎ取ってでも、ここから脱出してみせる。

その前に、目の前のこいつを殺してみせる。

5

青山は、スマートフォンの画面を凝視した。留守電に切り替わり、機械的な音声が流れている。電話を切り、ポケットにしまう。

昨日から、稲城と連絡が取れなかった。

一昨日に電話で話したときに、翌日に指示を出すと告げられていた。稲城は約束を反故《ほご》にするようなことはしない人物だ。

不審に思って電話をしたものの繋がらず、今日もその状態は続いていた。

連絡がないだけならいい。念のため検察庁に問い合わせると、稲城は休んでいるということだった。検察の友人に調べてもらうと、どうやら無断欠勤のようだった。

胸騒ぎがした。

五年前。捜査一課の倉持という男が、殺人事件の捜査中に失踪した。

そして今回は、稲城が音信不通になった。

状況はまったく違うが、これらの事態に共通点があるような気がしてならなかった。この二つに本当に繋がりがあるのか、繋がっていたとして、どこでどう繋がっているのか皆目見当がつかなかった。

青山は、視線を上げる。

目の前に、白くて巨大な建物が鎮座していた。解剖設備が整っていることを加味しても、個人の医院としては大きすぎる印象だった。

表札には〝夏目医院〟の文字。

――もし、なにかあったら、当院に。

塔子が先日発した言葉が頭に引っ掛かっていた。考えすぎかもしれないが、強烈な違和感を覚えた。

建物の中に入った瞬間、青山は身体を固くし、身構える。

「いらっしゃい」

まるで、青山がここに来ることを知っていたかのように待ち構えていた夏目塔子は、不敵な笑みを浮かべて立っていた。

「どうぞ」

先導され、診察室に入った。

そこは、なんの変哲もない診察室だった。それなのに、自分が危険にさらされているようで、早くこの場から立ち去りたいと思ってしまう。

「どうしてここへ？」

塔子の顔には相変わらず、感情を隠すような笑みが貼り付いていた。

青山は、口の中で舌を動かし、焦げたトーストのように乾いた口内を唾で湿らせた。

「……病院で自殺した上原隆也の妻がいなくなりました」

この話をぶつけてみようと思ったのは、単なる思いつきだった。

上原は自殺。事件性なし。それが、警察の公式見解だった。

防犯カメラの映像から、上原が自殺したとき、妻は病院にいたことが確認されている。

警察は事情聴取の上で、仮眠中に飛び降りたという妻の証言を全面的に認めた。

遺体の状態にも、特に妙なところはない。

他殺を疑う証拠はない。

ただ、あの一件は自殺だという前提で物事が進んでいるような印象を受けた。そこに引っ掛かりを覚えた。

警察の見解は、塔子が自殺だと決めたことに迎合しているように思えた。

上原の死を自殺と断定する力を持つ塔子なら、それを自殺と偽ることも可能だ。

もし、あれが自殺ではなく他殺だったら。わざと、塔子が自殺だと判断したとしたら。

突拍子もない考えが、どうしても頭から離れなかった。

上原が自殺ではなく他殺だと仮定した場合、第一容疑者となるのは上原の妻だ。その妻が消えた理由は不明だが、目の前に座る塔子が、なんらかの関与をしている可能性は高い気がした。

「それで?」

表情を一切変えない。不気味だった。

青山は、蝕《むしば》んでくる弱気を叩き出すように息を吐いた。

「あれは、自殺ではなく、他殺の可能性もあるんじゃないでしょうか」

「ほう。理由は?」

僅かに目を見開いた塔子の問いに、青山は見解を口にする。

「上原の遺体は、建物から少し離れたところに着地していました。上原は半身不随で、車椅子が移動手段でした。もし自分の意思で自殺したのなら、建物に沿って落下するはずです。それなのに、遺体は建物から離れていた。そこで、何者かに背後から押されたのではないかと考えました」

目を閉じた塔子は、瞼を震わせてから開く。瞳の色が濃くなったような錯覚に陥る。

「誰かが背後から押したとしても、窓から落ちる前に、足が窓の下方にぶつかるじゃないか。そうしたら、せっかくついた加速度も失われてしまうだろうな」

たしかにそのとおりだ。青山は唇を嚙みしめる。

その様子を、塔子は楽しんでいる様子だった。

「……それでしたら、どうして遺体は建物から離れた場所にあったんでしょうか。やはり、第三者の力が加わったと考えるのが妥当だと思うんです」

根拠が薄いことは重々承知していたが、どうしても、納得がいかなかった。

塔子は銅像のように硬直していたが、やがて、首を横に振る。

「刑事らしく、良い視点だ。ただ、外れだ。あの遺体の腕と額、そして膝《ひざ》の辺りに、建物に接触して擦れたような痕《あと》があった。建物にぶつかれば、反動が起こる可能性もある。これが、落下地点が直下ではない理由だという推測も成り立つ」

説得力のある回答に、青山は肩を落とす。

やはり、上原は自殺だったのか。

そのとき、塔子が、人差し指で机を軽く叩いた。注目を求めるような音。

「これは余談だが、上原は五階から落ちており、五階の窓の真下の外壁に皮膚片が付着していた。つまり、足から先に落ちたのではなく、頭から真っ逆さまに落ちたということだ。そう、まるで、何者かが上原の足を持って浮かせて、窓から落としたように。意識があって暴れたりしたら、壁にぶつかる可能性はある。そうしたら、その反動で壁から二メートルの位置に落ちても不思議ではない……。まぁ、もう遺体は荼毘《だび》に付しているから、君にそれを確認する術はないがな」

塔子は続ける。

「それでも、なかなか優秀な読みだと思う。あの稲城という男が送り込んできたのも頷けるよ」

背中に冷や水を浴びせられたようだった。

「……稲城検事を、ご存じなんですか」

一瞬の間。

「過去に知っていたかもしれないが、今は知らない」

禅問答のような回答に、青山は困惑する。

塔子は、威嚇するような笑みを浮かべた。

「青山刑事。君は有能なのだろうな。だからこそ、こうしてここに訪ねてきたんだろう」

一度言葉を切った塔子は、真っ直ぐな視線を向けてくる。青山はその目から逃れるように顔を伏せた。瞳に食い殺されそうな恐怖を覚えた。

「有能な人間の周囲には、有能な人間が集まりやすい。それは僥倖《ぎょうこう》だが、ときにはリスクにもなる。有能な者同士の闘いが起これば、それは両者にとって危機となるだろう。枠から弾き出されるリスクが生じるし、無傷では済まされない。そのリスクを回避するためのもっとも有効な手段は、争いが生じそうだと察知したら、一目散《いちもくさん》に逃げることだ。相手が強大だと感じたのなら尚更《なおさら》」

「……つまり、あなたと闘わずに逃げ出したほうがいいという警告ですか」

その問いに、塔子は答えない。

歯を食いしばった青山は、身体の震えを抑えることができなかった。剣道の試合中でも感じたことのない恐怖心が、全身を包み込んでいた。防衛本能が、この場から去れと警《けい》鐘《しょう》を鳴らしている。

今は、この場から逃げるべきだろう。

生きて帰るために。

ただ、それで終わらせたりはしない。必ず、反撃する。

それが、刑事としての尊厳であり、価値だ。

第四章　真実。その先

1

九月。

夏が終わってもいいはずなのに、今も我が物顔で居座り続けている。ただ、もうすぐ涼しくなるという予報だった。ここが夏の底。

武蔵野東警察署の地下書庫。

青山は捜査資料に目を通そうと努力を続けていたが、どうしても頭に入ってこなかった。失踪した稲城の行方が気になって仕方がなく、集中することができない。

いったい、どこに消えてしまったのか。

すでに、内々で捜索が始まっているようだった。私生活に問題を抱えていない検事が急に姿を消したとなれば、事件に巻き込まれた可能性が高い。検事は職業柄、恨みを買いやすい。状況を重く見た検察は、急遽《きゅうきょ》、捜査一課の一班を割り当てて行方を捜させているという噂を耳にした。

青山はため息を吐く。

稲城からの調査依頼は今も有効なので、このエリア一帯で発生している行方不明の事案を、青山は追い続けていた。

事故死や自殺、病死と診断された人の関係者が、数日後に行方不明になる。そんなことがいくつも発生するとは考えにくいが、このエリアでは、そんなことが実際に起きている。行方不明者届が出されていれば警察も把握することができるが、そうでなければ、実態を感知すること自体難しい。

行方不明者が出ていることを、稲城は知っていた。

なぜ検事という立場で気付くことができたのか。そして、どうして調査を依頼したのか。なにを掴み、なにを目的としていたのか。

分からないことだらけだった。

目の前に置かれた捜査資料を閉じ、頭を抱える。そのとき、書庫に人が入ってきた。

珍しいなと思いつつ、座ったまま振り返ると、そこには秋月が立っていた。青白い顔をして、所在なさげな様子だった。

「どうした」

言葉を投げかけると、秋月は身体をふらつかせてから口を開く。

「……実は、ちょっと協力してほしいことがあるんです」

協力してほしいことと聞いて、五年前に失踪した捜査一課の倉持の調査のことを最初に頭に浮かべた。秋月は、そのためにここに来ていた。

しかし、どうやら違うようだ。

「青山さんは、どうしてここに来られたんですか」

「それは言えない」

即座に拒絶する。

稲城に依頼された内容は秘匿事項だったので、答える気はさらさらない。直属の上司にだって理由を説明していないのだ。ただ、夏目医院の医師である塔子は、稲城が青山をここに送り込んだことを知っているようだった。なぜ知っているのか。不気味だった。

秋月は、広げられている捜査資料を一瞥する。

「もしかして、この一帯で発生している行方不明者のことを調査しているんじゃないですか」

「……………」

表情が顔に出ないようにするが、上手くいったかどうか自信はなかった。

どう返答しようかと迷う。稲城からは堅く口止めをされている。しかし、この依頼内容を秋月に明かすことが、稲城の行方の手掛かりを摑むことに繋がるような気がした。

「……そうだとしたら、どうなんだ」

ほとんどイエスと言っているようなものだなと思い、苦笑する。

秋月は視線を漂わせてから、青山を見た。

「実は、失踪に夏目医院が関わっているのではないかと考えています」

夏目医院という単語が出てきたので心臓が跳ね上がり、顔が赤くなるのを自覚した。心の内を見透かしたと確信したのだろう。秋月は、少しだけ得意顔になりながら続ける。

「このエリアで起きている失踪には、夏目医院が関わっています」

秋月の目は真剣そのもので、冗談を言っているようには見えなかった。

「どうして、そう思うんだ？」

「まずは、私の質問に答えてください。ここに来た理由は、失踪案件の調査ですか」

一帯で発生している失踪者のことを捜査している件。これについては、口外することを禁じられていた。ただ、連絡の取れない稲城との約束を守るよりも、このエリアで起きている失踪案件の解決を急ぐべきだと判断した青山は、観念して頷く。

「誰からの依頼ですか」

「稲城検事からだ」

その回答に、秋月は一瞬意外そうな表情を浮かべたが、すぐに緊張の面持ちに戻った。

「稲城検事からの指示は？」

「それが、少し前から検事と連絡がつかないんだ」

正確には四日。連絡を取ることも、足取りを掴むこともできていない。明らかに異常事態だった。

「俺の質問にも答えろ。どうして、失踪に夏目医院が関わっていると思ったんだ」

青山の顔を凝視した秋月は、少し待っていてくださいと告げて、書庫から出ていってしまう。二分ほど待っていると、再び秋月が現れた。

今度は、榎木を伴っていた。

「どうもぉ。お会いするのは二度目ですねぇ」

間延びした声。だらしなく口を開けて笑みを浮かべている榎木の表情は、前回会ったときと変わらない。ただ、よく見ると、目に鉛のような色を湛《たた》えており、威圧感があった。その目力を押し隠すため、わざと癖《くせ》のある笑みを貼り付けているのかもしれない。

握手を求められたので、立ち上がった青山はそれに応じる。

「武蔵野東警察署の刑事課に所属する、定年間際の榎木です……と、ほかの同僚は思っているでしょうねぇ」

口角を上げた榎木が、顔を近づけて、声を落とす。

「まぁ、それは表向きの顔で、実は私、公安なんです。そして、どうして刑事に扮《ふん》しているかと言えば、潜入捜査をしているからです」

青山は目を見開く。

「……公安？　どうして公安が、刑事に……」

混乱する。公安が刑事課の刑事になりすますなんて、聞いたことがない。そんなことをする理由が分からない。

いや、可能性が一つだけある。

「……身内が調査対象ということですか」

榎木は、笑みを浮かべたまま肯定した。

――身内が調査対象。

青山は、頭の中でその意味を反芻する。調査のために、公安に所属する職員が刑事に扮して警察署に潜入するなんてあり得るのか。聞いたことがない。

「あれ？　疑っていますか？」

榎木は、それもそうですよねぇと呟き、続ける。

「でも、本当なんですよねぇ」

その言葉が真実かどうかを証明しようともしなかった。

青山は、とりあえず判断を保留にしてから口を開く。

「……公安である榎木さんがここで調査している内容は、なんなんですか」

「青山さんが、稲城検事から依頼された内容と一緒ですよ。失踪案件の調査です」

「このエリアで発生している失踪案件と、武蔵野東警察署になにか関係があるんですか」

「まだ、はっきりとした人数は分かりませんが、数名の刑事が加担していると考えています」

「……刑事が、夏目医院に協力しているんですか」

「半分正しくて、半分ちょっと間違っています」榎木はまどろこしい前置きをしてから続ける。

「厳密に言うと、ユーゼニクスという組織に加担しています。そして、夏目医院の夏目塔子は、ユーゼニクスで重要な役割を担っているんです」

「ユーゼニクス？」

聞き慣れない言葉だった。

「英語で〝優生学〟という名の組織です。そして、稲城検事は藁束の会という組織に所属しており、ユーゼニクスと戦争を起こそうとしています。いや、こうして青山さんが送り込まれたり、稲城検事が行方不明になっていることを勘案すると、戦争はもう起きているんでしょうねぇ」

「ちょ、ちょっと待ってください。いったい、なにを言っているんですか」

話を一度止めようとしたが、それでも榎木は説明を続けた。青山は頭が痛くなってきたが、なんとか話を理解しようと努める。

最低限分かったことは、ユーゼニクスという組織は、悪人を虱潰《しらみつぶ》しに断罪することで、世の中を良くしていこうと考えている。対して、藁束の会は、悪人が発生しないよう抑止力を働かせるため、どんな手段を使ってでも、迅速に事件を解決することに主眼を置いている組織だということだ。

その説明を聞いて、思い当たる節があった。

錦糸町で発生した殺人事件で稲城は、冤罪を作ろうとした。そして、そうやってでも早期に事件を解決することこそが、社会の安定化に繋がる方法だと説いていた。

ただ、話が大きすぎて、理解が及ばない。

そこで、ふと思う。

稲城からこのエリアの失踪案件を調べろと言われた目的は、ユーゼニクスについて調べることだったのだろうか。その場合、青山は藁束の会の手先のようなもので、ユーゼニクスの敵という立場に置かれていることになる。

「私は、このエリアで発生している失踪案件に夏目医院が関係していることを明らかにした上で、芋づる式に関係者を洗い出そうと思っています。私が刑事に扮しているのは、この警察署にも協力者がいると踏んでいるからです」

そう締めくくった榎木は、満足そうな表情を浮かべる。

信じがたい話だった。秋月の表情を確認する。疑念は感じられない。どうやら、この話を信じているようだった。

「……なにか、納得できる証拠はないいんですか」

青山の問いに、榎木は困り顔になった。

「証拠があれば、苦労しないんですがねぇ」

そう呟いた榎木は、なにかを思い出したのか両手をポンと叩く。

「この前、小金井北総合病院から飛び降りて死んだ男性がいましたよね」榎木は続ける。

「あの男性は自殺だと判断され、事件として扱われることはありませんでした」

「あれ、自殺ではないかもしれないんですよね」

「……どうして、そう思うんですか？」

榎木が目を細める。柔和な表情に似合わぬ鋭さ。やはり、わざとだらしない雰囲気を出して本性を隠しているようだ。

「……勘のようなものです」

話がややこしくなるだけなので、冬馬の推理だということは伏せておく。

「なかなか鋭い勘ですが、残念ながら、他殺であるという証拠はありません。しかし、死亡した男性の妻が、数日前から行方不明になっています」

夏目塔子に話した時の震えを思い出し、その言葉に、青山の心臓が跳ね上がる。

「……それに、夏目塔子が絡んでいると？」

「自殺とされた男性は実は他殺で、妻が殺害したと仮定しましょう。他殺が明るみに出て、妻が逮捕されます。そして裁判が始まり、刑が確定する。殺人罪の懲役で、もっとも短くて五年、長くても二十年です。初犯でもだいたいは十年以上になりますが、一人の殺害だけでは死刑にはなりにくい。人の価値観はそれぞれ異なりますが、人を殺したのに刑が軽すぎると思う人もいるでしょうね。

そこで、夏目先生の出番です。彼女が検視で自殺と判断すれば、他殺であっても自殺になります。そして、自分たちで真犯人を断罪するんです」

「……それがユーゼニクスの考え方と一致するんですよね」

今まで黙っていた秋月が言う。

榎木は頷く。

「彼らは、犯罪者ひいては容疑者を悪の存在と断定し、逐一葬り去ることこそが世の中のためになると本気で考え、実行している組織ですから」

自分で手を下すために、他殺を自殺と偽装し、自らの手で犯人を断罪する。そんなことを、あの夏目塔子がやっているのだろうか。

「夏目医院がユーゼニクスに関わっているという根拠はあるんですか」

「物的証拠はありません。失踪した案件のすべてに夏目医院が絡んでいれば構図は単純なんですが、どうやら、そうでもないんです」

舌で唇を舐めた榎木は、失踪案件を集計した結果を告げる。

「失踪案件のうち、夏目医院が検案や解剖を手がけているのは三割。あとは、三つの大学病院が検案や解剖を行っていました」

夏目医院が関わっているのは三割。それが多いのか少ないのか、判断がつかなかった。

「無関係とは言えない数字だと思います」

疑問に答えるように、榎木が言う。ただ、榎木自身、確信を持てる数字ではないようだった。

青山は、夏目塔子の容姿を記憶から引っ張り出す。凛とした雰囲気。目には、青い炎のような静かな力強さが宿っていた。

「あくまで推測ですし、証拠を摑めてもいませんが、まず間違いないと思っています」

榎木は、大真面目な顔を向けてくる。

その視線から目を逸らさずに、青山は口を開いた。

「そもそも、どうして榎木さん一人なんですか。先ほどの話だと、このエリアでユーゼニクスが暗躍しているんですよね。それって、小さな組織なんですか」

問いを受けた榎木は、下唇を出しながら肩をすくめる。茶化したような動作。

「実態を完全に把握しているわけではないので分かりませんが、終戦後から脈々と続いている組織で、規模もそれなりに大きいと考えています」

「……それなら、公安が一人で動くのは妙ですよね。それとも、すでにこのエリアには、公安の人間が複数入り込んでいるんでしょうか」

相手が巨大な組織なら、相応の人員を配置してしかるべきだろう。

榎木は再び、肩をすくめる。今度は、小馬鹿にするような調子が含まれていた。

「いえ、基本的には、私一人でこの件に当たっています。増員してもらえないかと、公安部の上司に掛け合ったんですが、なしのつぶてで。なにせ、証拠がありませんのでね。人数を割けないという判断です」

ただ、と続ける。

「私も、孤立無援の状態でユーゼニクスと対峙するつもりはありません。こうして、仲間を手に入れましたから」

そう言って、榎木は秋月に視線を向けた。

眉間に皺を寄せた青山は、疑問を口にする。

「ですが、秋月がここに来たのは、五年前に起きた倉持刑事失踪の再調査のためで、偶然……」

「いやいや、偶然じゃないんですよ」榎木は粘度のある笑みを浮かべる。

「西久保公園の公衆電話から、警視庁捜査一課に匿名の情報提供をしました。そうして、捜査員が一人来て、結果、私の力になってくれることになったんです。どんな方が来るかは分かりませんでしたが、私の思惑どおりにことが運びました」

西久保公園と聞いて、青山はすぐに思い当たる。

五年前の倉持失踪についての情報があるという匿名の電話がかけられたのが、西久保公園だった。

「……匿名電話をかけたのは、榎木さんだったんですね」

「そうですよ」

悪びれずに言う。

青山は嫌悪感に顔を歪める。

「……つまり、倉持刑事についての情報を持っているというのは嘘だったんですか」

「安心してください。ちゃんと情報は持っています。七年前に、このエリアで女児殺害事件が発生したんです。場所は、三鷹市上連雀《かみれんじゃく》です。今日と同じく、蒸し暑い日だったようですね」

芝居じみた口調で続ける。

「七年前の八月十八日。当時十歳の女児が遺体で発見されました。名前は、相沢菜那《あいざわなな》ちゃん。その日はちょうど、武蔵境駅近くの神社でお祭りをやっていたので、菜那ちゃんは友達数人と浴衣《ゆかた》を着て、祭りに参加したようです。その帰りに、行方不明になりました。祭りが終わっても帰ってこない娘を心配し、母親が警察に通報。友達と駅で別れて三時間が経っており、警察は事件に巻き込まれた可能性が高いと判断して捜索を開始。そして、一時間後に、遺体で発見されます。首を絞められて殺されていました。性的暴行の痕跡はありませんでした。ほとんど抵抗した様子もありませんでした。菜那ちゃんの爪の間から、犯人のものと思われる服の繊維は発見されましたが、ＤＮＡは採取できませんでした。犯人はおそらく、長袖を着ていたと推測されています」

話を聞きながら、その事件がどう関係してくるのか、青山にはまったく分からなかった。

榎木は、嘆かわしいと言いたげな表情を浮かべる。

「三鷹駅から自宅方面へと歩く菜那ちゃんを防犯カメラの映像が捉えていましたが、残念ながら、不審者が接触したような映像はありませんでした。犯行は、駅で友達と別れてから遺体発見までの四時間、二十時から二十四時までの間の出来事であることは間違いないので、その時間帯に現場周辺にいた人物を虱潰しに当たったそうです。そして、成川佑《なりかわゆう》という当時十二歳の少年が容疑者として浮上します。

成川は、二十三時前後に、犯行現場近くにある防犯カメラの映像に映っていて、腕には引っ掻き傷がありました。しかも、服の上から引っ搔かれたような傷だったんです。しかし、証拠が十分に揃わなかったので、未解決事件になっています」

「……その事件と、倉持刑事の失踪にどんな関係があるんですか」

青山が訊ねると、榎木は鼻を啜《すす》った。

「菜那ちゃんの遺体が発見されたのが、堀合児童公園付近の茂みの中だったんです。そして、事件当時、成川は犯行を否定しているのですが、それだけではなく、犯人らしき人物を見たと言っているんです。その犯人の特徴は、顔に痣のある男で、そいつが、菜那ちゃんと歩いているのを見たと証言しているんです。

倉持刑事は、堀合児童公園付近で失踪し、顔に痣がありますよね。しかも、倉持刑事が消えた日は、五年前の八月十八日。菜那ちゃんが殺されたのは、七年前の八月十八日です」

それを聞いた秋月は、顔を青くした。

「あと、気になることがもう一つ」榎木は人差し指を立てる。

「菜那ちゃんの遺体を検死したのは、夏目先生なんですよ。もしかしたら、検死の際に、倉持刑事が犯人だという証拠を摑んでもみ消し、自分たちで断罪したのかもしれません。女児殺害事件発生から断罪まで時間がかかったのは、そうですね……倉持刑事を攫う機会が得られなかったからかもしれません」

「そ、そんなこと……」

秋月は口を開くが、すぐに口を噤んでしまう。

全身が粟立つのを覚えた青山は、目を細めた。

女児殺害事件の犯人が倉持で、その倉持を、塔子が断罪した。聞いた内容だけでは判断できないが、構図は成り立つ。

失踪した恋人を犯人扱いされた秋月は、さぞ憤《いきどお》るだろう。青山はそう思ったが、意外にも反論するつもりはないようだ。青い顔のまま、押し黙っている。

「ともかく、成川に話を聞きに行きましょうか。今まで夏目医院と失踪の関連性を調べてばかりで、こちらは手をつけていないんですよ」

　榎木は不敵な笑みを浮かべ、先に上に行っていると告げて姿を消した。

　青山は広げた資料を片付けながら、微動だにしない秋月を見た。

「恋人を犯人扱いされて、怒らないのか」

　先ほどの榎木の主張は、倉持が失踪した日付と場所が女児殺害事件と一緒だということにすぎず、犯人だという根拠にはならない。

　秋月は、唇を震わせる。

「……私、涼介が失踪してから、手帳を預かっているんです」

　涼介――倉持の名前だと気付くのに数秒かかった。

　秋月は、喋ること自体が苦痛であるかのように顔を歪めながら続ける。

「四年分の手帳です。私、そこに失踪の手掛かりがあるかもしれないと思って、記載されている文字などを確認したんです。でも、万が一落としたときのためなのか、固有名詞などはアルファベット表記で記載することが多くて、具体的な内容は分からなかったんですけど……」

　胸の辺りに手を当てた。

「八月十八日に、○《マル》がついていたんです。七年前と六年前の手帳に。涼介が失踪した日と同じだったので、なにか因果関係があるとは思ったんですが、当時は分からなかったんです。でも……」

口を噤む。

八月十八日。女児が殺された日。倉持が失踪した日。

殺人犯の中には、殺した人間の所持していたものを持ち帰り、それで当時のことを想起する者もいる。殺した日を記念日とする奴もいる。そして、犯行現場に赴いて思い出に浸る者もいる。

「……それでも、犯人だと決まったわけじゃないだろう」

青山は言いながら、自分の表情が厳しいものになっていることを意識する。

一階ロビーで榎木と合流し、空いていた捜査車両に乗り込む。運転席には榎木が座り、後部座席に青山と秋月が並ぶ。

「成川は結局逮捕されませんでしたが、最後まで疑われていたようですね。科学的証拠はなかったようですが、犯行時刻に現場周辺にいたことと、腕についた傷があれば、疑うには十分でしょうからね」

「腕の傷については、どんな言い訳をしたんですか」

青山が訊ねる。バックミラー越しに、榎木と目が合った。

「猫に引っ掻かれたと。成川は猫を飼っていなかったので、取調官が詰問したところ、猫を虐待していたことを告白したようです。八月十八日も、獲物を探していたということでした。以前から、その周辺で猫の死骸がいくつも見つかっていたらしいので、信憑性はありますね」

筋は通る話だ。そもそも、十二歳が作り話を押し通せるほど、取り調べは優しくはない。

「それでも、当時の捜査本部は、成川犯人説で動いていたようですね。ちなみに、捜査一課の倉持涼介の名前は、一切出てきていません。刑事ですから、注意すべき点は大体分かっていますし、防犯カメラなどにも気をつけていたでしょうからね」

その言葉に、秋月の肩がびくりと震えるのが目の端に映った。

成川の家は、三鷹市野崎《のざき》にあった。

女児の遺体が見つかった堀合児童公園までは、自転車で十五分ほどの距離だろう。

榎木は時間貸しのパーキングに車を停め、先に立って歩き出すと、二階建ての古びた一軒家の前で立ち止まった。表札はない。家の全体を眺める。トタン屋根が錆《さ》びており、最初は白かったであろう外壁も黒ずんでいた。築五十年近くは経っているだろう。窓という窓はすべてカーテンで遮られていた。人が住んでいる気配はない。ひっそりと佇む廃屋のような印象。

インターホンを押すが、反応はない。何度か繰り返すが、応答はなし。郵便受けにチラシが少し挟まっていた。満杯にはなっていないので、定期的に回収しているようだ。

「……やっぱり、駄目ですね」

インターホンに取り付けられたカメラを覗き込みながら、榎木が言う。

「出直しましょう」

あっさりと引き返す。

話を聞くためにここまで来たのに、まったく未練が感じられない。なにかしら方策があるのだろうか。

「警戒するのも当然ですね。やっぱり、一度容疑者になったら、住み心地が悪くなるでしょうねぇ。ご近所付き合いも、大変そうですねぇ」

青山は心の中で同意する。容疑者となれば、頻繁に捜査員が家を訪問するし、警察署に再三呼ばれる。その噂は、すぐに広まり、あることないこと拡散される。容疑者は犯人ではないが、周囲の住民はそうは思わない。

犯人ではないのに、疑われたばかりに引っ越しを余儀なくされる人もいる。成川家は、引っ越しを考えなかったのだろうか。

「成川は、あの家に事件当時から住んでいるんですか」

問うと、前を歩く榎木が頷く。

「そうです。成川の祖父が建てたものです。成川の父親は蒸発し、母親もほとんど家に帰らないという生活をしていたようです。成川の世話は祖父がしていたんですが、その祖父も二年前に他界。母親は隣町のスーパーでパートをしています。結局、成川は犯人として逮捕されませんでしたが、猫を虐待していることが広まって、ほぼ犯人という扱いを受けています。それが原因か分かりませんが、成川は引きこもりです。ちなみに、引っ越しをしないのは、その費用がないからでしょう」

淀みなく言う。口に出さなかった青山の疑問にも答える内容。公安の人間は、あまり好きになれない。

「成川から話を聞くんじゃないんですか」

「聞きますよ。でも、話を聞く大義名分がないので、家から引きずり出すのは難しいでしょうね。居留守を使われるのは想定の範囲内です」

「じゃあ、どうやって話を聞くんですか」

今まで黙っていた秋月が訊ねる。

車に辿り着いた榎木は、身体を反転させた。

「成川は、夜中に外に出ます。散歩です。歩くコースや時間は毎回同じなので、その途中で急襲しましょう」

満面に笑みを浮かべ、額に浮かぶ汗を手で拭った。

二十三時。

住宅地から少し離れた空き地を、車内から監視する。エンジンを切って窓を閉めているので、かなり蒸し暑い。

運転席に座る榎木の後頭部を見ながら、青山は眉間の皺を深くする。

ここに来る前、警察のデータベースを使って榎木の経歴を調べた。しかし、公安という文字は一切出てこなかった。公安は、特殊案件に関わる際に、経歴を削除、もしくは改変する場合もある。

榎木が公安部所属だというのは、真実なのか。嘘なのか。

「そろそろ来ますよ」

榎木が楽しそうに告げる。張り込みが好きなのだろうか。

「ずいぶんと、成川の行動に詳しいですね」

青山が問うと、榎木はハンドルを指で軽く叩く。

「そりゃあ、調べましたから」

「……そこまで調べておいて、どうして接触しなかったんですか」

外に一人で出歩くことが分かれば、話を聞くことは容易だろう。

榎木は、再びハンドルを指で叩く。今度は三回。

「正直なところ、成川が犯人だろうが、倉持刑事が犯人だろうが、私にはどうでもいいんです。私の目的は、ユーゼニクスという組織がこのエリアで独自に活動しているという明確な根拠を摑み、上に提示することですから」

「……それなら、どうして成川に話を聞こうとしているんですか」

秋月が鋭い眼光を向けつつ、強い口調で訊ねる。

榎木は笑みを向けてきた。

「これは、私に協力してくれることへの感謝の印みたいなものです。秋月さんは、恋人の行方を捜すために、ここに来たんですよね。それで、私はこうやって、その手助けをしようとしているだけです」

「だから、榎木さんに協力しろってことですか？」

「明け透けに言えば、そうなりますね。ただ、もし倉持刑事が犯人だとして、夏目先生に殺されていたとしたら、仇《かたき》ってことですからね。晴れて、我々は共通の敵を持つということになります」

それに、と続ける。

「このまま、真実を知らないままだと、秋月さんが可哀想だなと思ったんです」

「……慰《なぐさ》めってわけですか」

秋月が自嘲《じちよう》気味の笑みを浮かべる。

榎木は頷く。

「いくら過酷なことが待っていようとも、真実を知るべきです。そうしなければ、前に進めないでしょう。恋人が女児を殺した殺人犯だというのは、重い過去を抱えている秋月さんには酷かもしれませんが」

重い過去。

榎木は、秋月の過去を調べたのだろうか。

「……」

言葉を発することなく沈黙する秋月は、思い詰めたように視線を落とす。榎木の言葉に、思い当たる節があるのだろう。聞きたい欲求に駆られたが、今は黙っておくことにする。

「まぁ、倉持刑事がクロだって、決まったわけじゃありませんから」

明るい調子で言った榎木は、腕時計を確認した。

「もうすぐです。あ、ほら」

榎木の言葉どおり、向こうから人影が歩いてきた。痩せ細った身体は、闇に押し潰されそうに見える。

「さて、行きましょう」

その言葉を合図に車から出た。駆け足で間合いを詰め、成川を取り囲む。

急に現れた三人に、成川は動揺しているようだった。

「武蔵野東警察署の榎木です」警察手帳を示して続ける。

「少しだけ、お時間よろしいでしょうか」

「……な、なんなんですか」

「成川佑さんですね」

「な、なんなんだよ！」

声を震わせる成川は、逃走経路を探すようにくるりと一回転をしたが、それが叶わぬことを悟ると、諦めるようにその場に立ちすくむ。

事件当時十二歳だったので、今は十九歳か。青山は成川の容姿を確認する。到底そうは見えない。Tシャツにハーフパンツ姿。ビーチサンダルを履いている。幼い顔は、せいぜい十五歳だ。無精髭の生えた十五歳。

「七年前に起きた、相沢菜那ちゃん殺害事件について聞きたいんです」

「あ、あれは俺じゃねえよ！　いい加減にしてくれよ！」

虚勢を張るように声を荒らげた。ただ、迫力は皆無だった。

榎木は破顔する。

「もちろん、知っています。逮捕されたわけでも、有罪判決が下ったわけでもありませんから。つまりそれは、無罪だということです。今日は、犯人扱いするつもりはありませんから安心してください。当時の状況を聞きに来ただけですから」

その言葉が意外だったのか、成川は口をぽかんと開けたまま固まっていた。

「捜査資料だけじゃ、ニュアンスが分かりませんし、直接確認したいこともありますから。

ほんの、数分だけです。もし協力していただけるなら、今後一切待ち伏せしませんから。いいでしょう？」

断れない提案。明らかな脅迫だった。

「……まぁ、少しだけなら」

そう答えた成川は、小刻みに身体を揺すっていた。

榎木は粘度のある笑みを浮かべる。

「まず、成川さんは女児を殺していない。事件当夜に現場付近にいたのは、獲物となる猫を探していたんですよね」

ばつの悪い顔を浮かべた成川が頷く。

「……あのときは、鬱憤《うっぷん》が溜まっていたんだよ。……それに、十二歳だった。まだ子供だったんだ」

自己正当化。鬱憤が溜まっているからといって弱い生き物を殺していいことにはならない。青山は、一喝したい気持ちが溢れ出そうになるが、自制心を働かせる。

「あなたは、夜道を徘徊《はいかい》しているときに、不審な男を見た。取り調べでそう言っていますが、それは嘘じゃありませんね？」

「……そいつが犯人かどうか分からないけど、小さい女の子と一緒に歩いているのは見たよ。ちょっと不審だったから、覚えていたんだ。警察はまったく信じてくれなかったけどな」

　成川は、眉間に皺を寄せながら答える。

「あの日は、隣駅の近くの神社でお祭りがありました。親子連れは珍しくありません。どうして、不審に思ったんですか」

「なんというか、女の子のほうが怖がっているような顔をしていたから。まぁ、勘違いかもしれないけど……」

　成川の言うとおり、勘違いかもしれない。ただ、親子かどうかは、雰囲気でおおよそ分かるものだ。傍《はた》から見ても、信頼関係があるかどうかを認識することは容易だ。

「そうですか」

　呟いた榎木は、秋月に目配せする。

「……その不審者は、こんな男でしたか」

　秋月は言いつつ、ポケットから取り出した倉持の写真を見せる。それは、ずいぶんと長細かった。ツーショット写真の半分を切ったようだ。もう半分には、秋月が写っていたのかもしれない。

　震える手によって持たれた写真を見た成川は、しばらく唸ったあと、頷く。

「うーん。よく覚えてないけど、たぶんこんな感じだったよ。目の下に痣があるのも、似ている気がする」

その言葉に、秋月の顔から血の気が引いた。

「よく見てください。うん。勘違いじゃないですか？」

「いや、こいつだ。間違い……」一度口を閉じた成川は、目を大きく見開いた。

「え？　だったら、こいつが犯人だってことか？　なら早く逮捕してくれよ！　お願いだから頼むよ！　こんな状況じゃ、たまったもんじゃねぇんだ！」

こんな状況というのは、周囲から犯人扱いされていることを言っているのだろう。少しだけ同情心が湧くが、猫を虐待して何匹も殺している人間には妥当な評価に思えた。

「まだ犯人かどうかは分かりませんが、なにか進展があればお知らせします」

榎木は淡泊な表情を浮かべながら言った。

「マジで頼むよ！」

噛みつかんばかりの勢いで迫ってくる成川の顔は、今にも泣き出しそうだった。

「大丈夫ですから。お散歩中、すみませんでした。またご連絡しますから」

榎木は柔らかい声で宥《なだ》める。まだなにか言いたそうだったが、成川はぶつぶつ言いながら歩いていってしまう。

去っていく背中を見送った榎木は、場違いな口笛を吹く。

「ふむ。想定どおり、倉持涼介が女児を殺し、ユーゼニクスに断罪された可能性は非常に高いですね」

その言葉が決定打になったのか、秋月はその場に倒れ込んだ。

2

早朝。

空は厚い雲に覆われていたが、まったく暑さは和らがなかった。

蟬の鳴き声が大きくなったり、小さくなったりしている。まるで潮の満ち引きのようだ。その規則正しさが気味悪かった。

黄色い規制線の内側に立ちながら、青山と秋月は現場検証をしている刑事の姿を眺めている。

「昨日は、すみませんでした」

小さな声で秋月が謝罪してくる。

倒れたことを言っているのだろう。失踪した恋人が少女を殺した殺人犯だと突きつけられたようなものだ。気を失うのも無理はない。

慰めの言葉をかけるのが相応しいとは思えなかったが、なにか言わなければと口を開く。

「……まぁ、まだ犯人と決まったわけじゃないからな」

そう伝えたものの、倉持が犯人というのは、かなり濃厚な気がした。当時、あの周辺には防犯カメラの数が少なかった。刑事である倉持ならば、疑いの目が向けられないように注意して行動することは可能だっただろう。

地面を見つめていた秋月の視線が、青山に向けられる。

「……思い当たる節がないではないんです。ですが……いえ、すみません」

途中で言葉を止め、唇を噛みしめていた。肩が震えている。

見ていて、痛々しかった。いたたまれない。

現場検証をしている刑事に交じっていた榎木が、こちらに向かってくる。

「いやぁ、これは事件性がなさそうですねぇ」

頭を押さえつけられているような沈鬱な空気を破るような明るい声。青色のタオルで顔全体を拭い、息を弾ませている。

今朝、一人の男が道端に倒れているという通報があった。事件性があるなら、夏目塔子がなにか細工を施すかもしれない。そう思って、臨場したのだ。

「鑑識が到着していないので、まだなんとも言えませんが、これといった外傷もないですからねぇ」

そう言ったとき、背後から声が聞こえてきた。

「あれ？　秋月君と……青山君も」

高い声に呼ばれて振り返ると、桜桃医科大学の五十嵐が立っていた。

針金のような身体をした五十嵐は高齢だったが、老いはまったく感じられない。警視庁捜査一課が担当した事件でも、何度か世話になっている解剖医。警察からの信頼も厚い。

頭を下げて、挨拶をする。

「捜査一課が二人も。帳場が立っていましたっけ？」

「いえ、ちょっとした事情で」

「事情？」

「なんと言いますか……」

青山は言葉を濁す。五十嵐は首を傾げたが、深くは追及してこなかった。

「五十嵐先生が来られるとは、珍しいですねぇ」

「教室や解剖室の往復だけじゃ息が詰まるからね。たまにこうやってフィールドワークをするんだよ」

「夏目先生は来ないんですか」

「どうだろう。最近忙しいみたいだからねぇ」

「なんと。……そうですか」

榎木は残念そうに肩を落とす。

「美人の先生じゃなくて悪かったね」

五十嵐は笑いながら榎木の肩を叩き、倒れている男のほうに向かった。青山と秋月は視線を合わせてから、後を追う。

うつ伏せに倒れている男の横顔を見る。四十代から五十代。白髪交じりの髪が乱れていた。目を大きく見開いている。眼球は濁っていなかった。死んでから、それほど時間が経っていないようだ。

現場は、人通りの少ない一方通行の道だった。道の両側に建物はなく、雑草が生えているばかりだ。雑草と道を隔てる緑色のフェンスの傍《そば》に男は倒れている。額に傷があるのは、倒れた拍子にフェンスに激突したのだろうか。

「くも膜下出血を起こして転倒したんですかね」

制服警官に交じっていた刑事の肥沼が言う。

「うーん……どうだろう。解剖してみないと分からないが……」

そう呟いた五十嵐は、ラテックスの手袋を嵌めた手で、男の身体を触る。

「歩行中に病死した可能性はある。でも、ひき逃げの可能性も否定できない」

「ひき逃げですか？」肥沼は怪訝な表情を浮かべる。

「でも、外傷があるわけじゃないですよね」

「強く激突したわけじゃないかもしれない。コツンと当たって、男が倒れる。そして、打ちどころが悪くて、死ぬ。人間というのは思った以上に頑丈にできているが、反面、拍子抜けするほど脆《もろ》くもあるんですよ」

「……そういうものですかねぇ」

　肥沼は、倒れている男を見下ろしながら言う。

「長年の勘でものを言って申し訳ないけれど、解剖して判断したほうがいいかもしれませんね」

「つまり、事件性があるということでしょうか」

「それを確かめるために、解剖するんです。遺族の了承は取れそうですか」

　その問いに、肥沼は頷く。

「はい。奥さんと話しましたが、原因を突き止めてほしいそうです。持病もなかったので、亡くなったのが信じられないようでした。もう手続きは進んでいます」

「そうですか。分かりました」

　そう言ったあと、五十嵐は遺体を桜桃医科大学に送るように告げた。

「あの……」秋月が、二人の会話に割って入る。

「えっと……その解剖ですが、夏目先生にしていただくことはできないでしょうか」

　唐突な提案。

「それはいったい、どうしてですか？」

　五十嵐が首だけを動かして応答した。言葉に鋭さがある。

　数秒の沈黙ののち、思い詰めたような表情を浮かべる秋月が、意を決したように口を開く。

「夏目先生にお願いしたいんです。そして、夏目先生がやっている解剖の状況を、五十嵐先生に見ていただきたいんです」

その提案を聞いた青山は、すぐに秋月の真意を察する。

夏目塔子が、解剖の結果を偽り、嘘の報告をしないかを五十嵐に確認させるつもりなのだ。

五十嵐は目を細める。

「その理由は？」

「それは……」

秋月は口ごもる。まさか、夏目塔子の解剖結果を疑っているとは言えないだろう。

返答に迷っている秋月に助け船を出したのは、榎木だった。

「いやぁ、実はですね、私が言い出したことなんです。夏目先生って、美人でしょう？　結構警察に協力していただいて感謝しているんですが、実は、本当に解剖の技術が伴っているのかを疑問視している警察官も、中にはいるんですよ。特に女性警官から。綺麗ってだけで、人は妬《ねた》みますからね。それで、一度五十嵐先生に見ていただいて、お墨付きを貰えればいいんじゃないかって話を秋月さんとしていたところなんです。お忙しいところ申しわけありませんが、ご協力願えませんか？」

妙に明るい声で説明する。

まったくの嘘なのに、嘘を言っているようには思えなかった。

狐に抓《つま》まれたような顔をしていた五十嵐だったが、どうやら納得したようだった。

「……まぁ、そういうことでしたら。ただ、調整できればですよ。夏目先生も忙しいでしょうし」

「もちろんですよ！　あ、夏目先生にはこのことを言わないでください。気分を害されるでしょうから」

「まぁ、そこらへんは上手く言っておきますよ。私としても、一流の解剖技術を見て損はありませんからね。勉強させてもらいます」

その言葉を聞いた榎木は、早速アポイントメントを取ると言って、携帯電話を取り出した。

3

夏目医院は、相変わらずひんやりとしていた。

中にいると、夏という季節を忘れてしまいそうになる。建物全体が遺体安置所のような気さえしてくる。

発見現場から、遺体はそのまま夏目医院に移送された。

青山は、目頭を揉む。目の奥が収縮しているような気がした。

解剖室として使われている空間は、真っ白だった。純白と言ってよく、汚れひとつない。ステンレス製の解剖台といった機材は銀色だったが、それすらも白に侵食されているように見える。おそらく、天井のLED照明の光が強すぎるせいだろう。

青山は、白い解剖衣を着た塔子の様子を見る。マスクとゴーグルをしているので表情は読み取れなかったが、真剣な目が遺体に注がれていた。

遺体に一礼した塔子は、解剖の前に、外見を調べていた。身長や体重、直腸温度、出血痕や死斑の出現部位を確認し、助手に告げる。夏目医院の唯一の看護師である浅野が助手となり、それらを記録しつつ、写真を撮っていた。

脂肪でたるんだ身体をさらす男の名前は、山田卓司《やまだたくじ》。四十八歳。現場近くで酒店を営んでいた。死亡した日、山田は近所の居酒屋で酒を飲んで、零時頃に店を出た。証言によると泥酔している様子はなく、飲んだのは瓶ビール一本と、レモンサワー二杯だけだったということだ。倒れていた場所は帰路ではなかったが、普段から酒を飲んだあとは散歩して家に帰ることが多かったらしい。

塔子は、損傷した場所を確認し始める。

頭から足、左から右、前から後ろの順に視線を動かしていた。身体の表面に、特別な損傷はなかった。倒れたときについたであろう頭部の損傷と、顔半分に擦過傷。一部表皮剝《はく》離《り》も見られる。気を失って勢いよく倒れ込んだなら、あり得る傷だ。

青山は、隣にいる五十嵐の様子を見る。夏目の手の動きを、眼球が追っていた。

解剖が始まり、内臓が露になる。何度見ても慣れないと思いつつ、塔子の滑らかな手の動きを見る。鋏《はさみ》や腸鉗子《かんし》が軽やかに遺体に沈み、切り開かれる。肋骨剪刀《せんとう》やストライカーが躍る。刑事になって、何度も見たはずの解剖。普段なら、吐き気を堪えることに集中するはずなのに、それが今回はない。塔子の解剖は、美しかった。指揮者のようだ。そして、無機質で非現実的。

青山は、口に溜まった唾液を飲み込む。

榎木はいつもどおり目を半月の形にして笑っているようだった。この状況を楽しんでいる気さえする。それに対して、秋月は、まるで今からバンジージャンプでもさせられそうな形相に見える。実際にはマスクをしているので、どんな表情をしているのかは分からなかったが、目というのは思っている以上に感情と連動しているものだ。

一瞬、塔子の視線がこちらに向けられたような気がしたが、気付かないふりをする。感情を覚られないように目を細めた青山は、再び唾を飲み込む。

――もし、塔子がユーゼニクスの人間で、法に拠らない断罪をしている場合。

山田の死に犯罪性がない場合は、そのとおりの検死結果を出すだろう。しかし、犯罪性があった場合、塔子は事件性なしと判断する可能性が高い。そして、犯人を誘拐し、断罪する。

なにか不審な点があっても、解剖の知識に乏しい人間には気付くことは難しい。その点、解剖学に精通している五十嵐ならば、塔子が妙な動きをしたら分かるはずだ。

なかなかいい案だと青山は改めて感心した。

解剖が進んでいく。胴体を終え、頭部に入る。丁寧な手捌きによって切り開かれ、剝き出しにされた脳。昨日まで電気信号を走らせていたものが、今は沈黙している。脳の表面の一部が赤くなっているように見えた。

塔子は動かしていた手を止める。そして、少し考えるように視線を周囲に泳がせた。肩の動きから、息を吸ったのが分かる。

「これは、病的くも膜下出血で……」

「どれ」

塔子は顔を上げてから、覗き込もうとする五十嵐に場所を譲った。

「これは、病的くも膜下出血ではない」塔子は、いつもの男のような口調で続ける。「病的くも膜下出血の場合、脳底部の血管に、動脈瘤《どうみやくりゆう》などの病変があるのが普通だ。だが、これにはない。この脳には病的原因はない」

「それって、病気で死んだわけじゃないってことですか」

秋月の問いに、塔子は頷く。

「外傷の場合は外力の作用によって、脳表面の血管が破れて出血している。ほら、出血があるだろう。脳の左右や、前後の上面にくも膜下出血があれば、打撃で生じた脳挫傷《のうざしょう》に伴う外傷性くも膜下出血と判断する。まぁ、法医学でいうところの対面打撃というやつだ」

塔子は一度頷く。

「目立った外傷はないから、車で跳ね飛ばされたわけじゃなさそうだ。おそらく、後ろから押されて倒れたか、車でも、コツンと当たったくらいだろうな。ただ、自分で勢いよく倒れて死んだ可能性もある。しかし、居酒屋の証言では泥酔していたわけではないということだし、転ぶような場所でもなかったので、可能性は低いだろう」

言い終えた塔子は沈黙する。

一瞬の静寂ののち、五十嵐が満足そうに頷く。

どうやら、塔子は正しい診断をしたらしい。


夏目医院を出ると、汗腺《かんせん》が一気に開いたような気がした。寒気を覚える室内とは反対に、外にはまとわりつくような湿気が充満している。すぐに、肌の表面が汗で濡れる。

解剖に不審な点はなく、実に見事だった。

ってしまった。

五十嵐はそう総括し、少し寄るところがあるからと続けて、駅とは反対方向に歩いてい
五十嵐の姿が消えたことを確かめてから、榎木が大きなため息を吐いた。

「当てが外れましたねぇ」脂肪で丸みを帯びている肩を落とす。

「まぁ、今回の件で夏目先生が正しい診断をしたとしても、ユーゼニクスだという疑いが晴れたわけじゃないですがね」

そう言い、榎木は駅の方向に歩き始める。

その後を二人は追った。

「……今回の案件、事故か他殺かは分かりませんが、ともかく何者かが関与している可能性が高いということですよね。でも、今のところ、何者かは名乗り出ていない。つまり、その何者かは犯罪者であり、ユーゼニクスの断罪対象となり得るということです。それなのに、正しい判断をしたということは、夏目先生がユーゼニクスじゃないということになるんじゃないですか」

「いやいや」秋月の言葉を聞いた榎木は、首を横に振った。

「そもそも、すべての案件で嘘の診断を下しているのか分かりませんし、五十嵐先生を警戒した可能性もあります。さすがに、解剖医を前にして嘘の診断は下せないのかもしれません。五十嵐先生に解剖を見てもらうのは妙案だと思いましたが、逆に警戒されてしまっ

た可能性もありますね」

秋月は押し黙る。たしかに、軽率な行動だったかもしれない。ただ、現状ではどうやって塔子を追い詰めればいいのか皆目見当がつかなかった。

青山は頭を切り替え、今後のことを想像する。

解剖医が事故や他殺の疑いがあるという解剖結果を出した以上、捜査が開始されるだろう。防犯カメラが少ないエリアといっても、皆無ではない。山田が歩いていた時刻に不審人物や不審車が映っている可能性は高い。

ただ、これは解剖医が事件性ありと判断したからだ。もし、事件性がないとなれば、捜査は行われない。あの現場には、事故や他殺を疑うようなものは残っていなかった。

そういう意味では、解剖医の言葉が捜査に及ぼす影響は甚大だ。

榎木が間延びした呻き声を発する。

「このエリアでユーゼニクスが暗躍し、犯罪者を断罪していることは間違いないんです。ただ、どうやって尻尾を摑めばいいのか……」

「現状では、公安が応援に来ることは難しいんですか」

秋月の問いに、榎木は首を捻った。

「……まぁ、あと一歩なんですよねぇ」

疑わしいと、青山は思う。

公安が応援に来ることではなく、塔子がユーゼニクスであることに対して疑問を覚える。榎木が言うには、失踪者が出ている案件のうち、夏目医院が検案や解剖を手がけているのは三割。あとは、三つの大学病院が行っているということだった。

これだけの理由しかない。普通ならば、根拠にすらならないものだ。

本当に塔子はユーゼニクスなのか。そもそも、ユーゼニクスなど存在するのか。公安が実際に榎木を送り込んでいるからには、なにかしらの根拠を摑んでいるのだろう。ただ、公安がまったく見当違いの推測に基づいて行動していることもあり得る。

今持っている情報では、真偽を判断することは難しい。

ただ、先ほどの解剖中に、気になったことはあった。

——これは、病的くも膜下出血で……。

塔子が診断を下すときに最初に発した言葉。

病的くも膜下出血ではない、と言おうとしたのか。それとも、病的くも膜下出血だ、と偽ろうとしたのか。

直感だったが、どうしても、後者のような気がしてならなかった。

美しい塔子の、躍るような手捌きを思い出し、青山は身震いした。身体は火照っているのに、内奥が冷えているような感覚に陥っていた。

ふと、視線が秋月を捉える。

思い詰めたような表情。青山は、その顔に不安を覚えた。

塔子の解剖結果を基に、山田の死は事件性ありということで捜査が行われ、数日で犯人が逮捕された。バイクに乗った男が近くの防犯カメラに映っており、ナンバーから人物を特定して話を聞いたところ、ひき逃げをしたことを白状したということだった。

4

二十二時。

武蔵野東警察署で資料を確認していた青山は、場所を移動して冬馬の家に来ていた。畳の上に胡坐をかき、スピーカーを熱心にいじっている冬馬に視線を向ける。

「だから、俺の話をしっかり聞いてくれよ」

「……接続テストができたら考えてやる」

生返事をした冬馬は、青山のスマートフォンの操作に熱中しているようだ。

それを眺めながら、青山はため息を漏らした。

ユーゼニクスという組織は本当に存在するのか。その疑問を解消するため、なにか確証を得られるようなものがないかと調べ始めて三日がすぎたが、成果はまったくなかった。

「本当に、ユーゼニクスって組織があると思うか？」

その問い掛けに、冬馬は迷惑そうな顔を向けてくる。

「あるかどうかなんて、僕には判断できないが、まぁ、優生学なんて眉唾ものだ。ましてや犯罪者を攫って断罪するなんて馬鹿げている」

「……そうだよな。あるはずないよな」

頭の後ろで手を組んで寝転んだ青山は、居間の天井の木目を凝視する。やはり、榎木は存在しない幽霊を追っている確率が高い。

「だが、あってもおかしくはないとは思う」

唐突に投げつけられた言葉に、青山は目を瞬かせる。

冬馬は、スピーカーの説明書を開く。そして、一瞬だけ視線を青山に向けた。

「悪というのは、別の悪を遠ざける。そういった必要悪はこの世に絶対に存在するし、存在しているからこそ今の世界が成り立っている側面もある……と、雑誌で読んだことがある」

「……なんだそりゃ」

青山はため息交じりに言うが、その言葉が妙に腑《ふ》に落ちた。

悪は別の悪を遠ざける。

ユーゼニクスは悪だ。しかし、悪を裁いてこの世から消す悪を、悪と言い切ってしまうことはできない。同様に、稲城が所属しているとされる藁束の会も、悪とは言い切れない。悪人を虱潰しに断罪するユーゼニクス。どんな手段を使ってでも迅速に事件を解決させ、社会の安定化を図る藁束の会。

そんな組織があったら恐ろしいが、その機能があるから今の世の中が保たれていると言われても、一蹴することはできない。戦争は秩序を壊すものだが、戦争により秩序がもたらされることもある。それと同じことだろう。

「まぁ、僕にはどうでもいいことだがな」

自嘲するような調子で言った冬馬は、スピーカーから手を離し、スマートフォンを手に取る。

「これで、接続完了だ」

「……俺のだけどな」

誇らしそうにスマートフォンを掲げる冬馬を見る。

なにを思い立ったのか、冬馬はインターネットショッピングでBluetooth《ブルートゥース》接続できるスピーカーフォンを購入していた。そして、青山のスマートフォンで接続テストをさせてほしいと言ってきた。

どうして自分のスマートフォンを使わないのかと問うと、冬馬はつまらなそうに、上手く繋がらなかったからだという答えを返してきた。

「これがあれば、両手が塞がるような忙しいときでも、重要な電話を取って会話をすることができる」

満足そうに言う。引きこもりの冬馬が、そのような状況に陥ることなど万に一つもないだろうが、そう指摘しても本人は耳を傾けないだろう。

強迫神経症を患っている冬馬は、ほとんど起こらないような事象を想像し、心配する。そして、その心配を解消するまでは平常心ではいられない。厄介な男だなと思う反面、青山はその特性を使って事件解決の糸口を見つけてきた。

青山が事件を伝えれば、それを聞いた冬馬は、自分が事件を解決しないことによって、犯人がまた誰かを傷つけてしまうかもしれないと恐れる。冬馬のせいであるはずがないのに、自分のせいだと思ってしまう。そんなこと、あるはずがないのに、冬馬はそう思い込む。そして、解決へ繋がるヒントを見つけ、それを基に青山は捜査をして手柄を立てる。

病に感謝するのは本人には悪いと思いつつ、青山は冬馬の能力を頼りにしていた。高校の同窓の上、大学のゼミまで一緒だった。これも因果な話だと身勝手に思っている。

「スマートフォンにも、スピーカー機能があるじゃないか。両手が塞がるほど忙しいときは、それを使え」

青山が言うと、冬馬は小馬鹿にするような笑みを浮かべる。

「いや、スマートフォンのスピーカーが壊れることだってあり得る。これは予備だ。不測の事態に備えるのは今の世の中では常識だろう」

そんな事態は起こるはずがないと思いつつも、口には出さなかった。馬の耳に念仏というやつだ。

「さて、早速動作確認を……」

「いや、その前に椅子に座ってくれ。交換条件だろう」

青山は身体を起こして立ち上がり、縁側の隅に追いやられている安楽椅子を持ってくる。

冬馬はそれを恨めしそうに見た。

「……本当に、座らなければ駄目か？」

細めた目を向けてくる。助けを求める子犬を連想させる目。

「頼む。どうしても、ユーゼニクスが存在しているのかどうかを知りたいんだ。そして、夏目塔子がユーゼニクスの一員なのかも確かめたい。そのための、手掛かりが欲しい」

拝みながら頭を下げる。

漠然とした要求なのは承知しているが、藁にも縋《すが》る思いだった。ユーゼニクスは存在するのか否か。それによって、今見ている方向が誤っているかどうかが分かる。

「スピーカーが使えるかどうか確かめたら、俺の頼みを聞いてくれる約束だろう」

「いや、まだ動作確認が……」

「こちらは、一刻を争う事態なんだ。頼む」

拝み倒す。動作確認をしてからでもいいと一瞬思ったが、心を鬼にする。スピーカーが問題なく使えると判明すれば、不安を解消した冬馬が逃げる可能性もある。逃げるといっても、せいぜい二階に立てこもるくらいだろうが、鬼ごっこをするつもりはない。今日は、冬馬の従妹である冴子もいないので、ここに長居する理由もない。

「……動作確認までが約束だろう」

恨めしそうな声。

「たしかにそうだが、また人が誘拐されて殺されたらどうするんだ。ユーゼニクスの存在を明らかにできれば、これ以上の犠牲者を出さずに済むんだ」

強迫神経症を刺激する。このような言動が、冬馬の病を悪化させているのかもしれないという自己嫌悪は抱いていた。ただ、事件を解決したいという気持ちが勝った。もちろん、自分で解決できるよう最大限の努力をするが、どうしても犯人に辿り着けない場合に、冬馬を頼ることにしていた。

すべてが終われば、冬馬の好きなものを買ってやろうと心に誓う。

「……仕方ない。終わったら、動作確認をするからな」

そう言った冬馬は、恐る恐るといった調子で安楽椅子に座る。

「あぁ……不安だ」

息を漏らした冬馬は、肘掛けを強く握りしめる。全身が強張っているのが手に取るように分かる。

冬馬は、ほかの誰も気にとめないようなことを気にする。これは、強迫神経症特有の症状だったが、この視点があるから、誰も気付かないことに気付くことができる。想像力が研《と》ぎ澄まされる。心像《しんぞう》が具体化する。

そして冬馬は、安楽椅子という不安定な椅子に座ることで、その能力を最大限引き出すことができる。揺れる安楽椅子は、冬馬を不安にさせる。不安になればなるほど、冬馬の推理は冴える。不安椅子探偵だなと冬馬自身が揶揄《やゆ》したことがあったが、まさにそのとおりだった。これが、冬馬が推理するときのスタイルだ。

「まず、最初の疑問だ。七年前に発生した女児殺害事件で、当時十二歳の成川が疑われた。結局、証拠がないために逮捕されなかったが、警察は疑っていたようだ」

早く終わらせようと、青山は早口に問う。事前に、分かっている情報はすべて伝えていた。

「ただ、女児を殺した犯人は成川ではなく、失踪した倉持だという疑惑が浮上した。成川自身、倉持に似た人物を目撃している。倉持が犯人かどうか、分かるか」

「……………」

無言の冬馬は、顔を青くして一点を見つめている。なるべく安楽椅子が動かないようにと足を突っ張っていたが、その足自体が震えているので、安楽椅子も小刻みに動いていた。

「どう思う？」

再び問う。

すっぱりと答えが返ってくることは期待していない。ただ、この仮定を補強する材料が欲しかった。成川は倉持を見たと言っているが、その証言は嘘かもしれない。なにか、客観的な判断が必要だ。

冬馬は、半開きの口から、呻くような声を漏らす。

「……殺された女児は、ほとんど抵抗したような痕がなかったということだったな」

「ああ。爪の間に犯人のものと思われる服の繊維が残っていたので、引っ掻くくらいはしただろうが、激しく抵抗したような様子はなかったらしい」

「……そうか」冬馬は唇を震わせる。

「一般的に、力のない子供が同じような年齢の子供を殺した場合、抵抗の痕が多くなる。力が拮抗《きっこう》しているケースでは、抵抗できるからな。ただ、大人が子供を殺す場合は別だ。圧倒的に力の差があるから、ほとんど無抵抗の状態で殺害できる」

「……そういうものなのか」

「一般的にはな。……成川が犯人だった場合は、女児が抵抗した可能性が高い。そして、もし倉持が犯人だったら、抵抗した痕は少なくなる……かもしれない。まぁ、これは医学的にも言われていることだからな」

量だった。

冬馬の推理は、あくまで推量だ。しかし、真実に辿り着くための道しるべとなり得る推量だった。

冬馬の知識の大半は、本や文献から得たものだ。ある事象が気になったら、とことん調べなければ気が済まないので、自然、気になった分野の造詣が深くなる。冬馬は、なにかの専門家ではない。専門家よりは知識が劣る。しかし、専門家よりも幅広い知識を保有していた。

ここで初めて、女児を殺したのが大人によるものだという客観的な証拠が出てきた。倉持であるかどうかは分からないが、それでも、倉持である可能性が高くなった。それで十分だ。

そういえば、女児の遺体を解剖したのは誰なのかを調べていなかった。あとで警察署に戻って資料を確認しようと思う。

「それにしても、よくそんなことまで知っているな」

青山は、感嘆する。本を読んだからといって、果たしてそんな知識を得ることができるのだろうかという疑問が湧く。

青山の問いに、冬馬は青白い顔に自嘲気味な笑みを浮かべた。

「まぁ、医学書を読めばこのくらいは分かる。それに、医者が読むような専門誌には、手術や解剖をしている動画を見ることができるような特典があって、一時期、その動画を見ることにはまっていたんだ。無料の会員登録をする際に、医療関係者かと聞かれたから、はいと答えておいた」

「……いつから、医療関係者になったんだ」

「鬱病や強迫神経症という病を患って、医療の力を借りている患者だ。広義に解釈すれば、医療に関係した者だろう」

冬馬は続ける。

「そんなことはどうでもいい。それよりも、まだ聞きたいことがあるんだろう。早く終わらせてくれ」

冬馬に急かされ、青山は口を開く。

「わかった。次だが、榎木が言うには、夏目塔子がユーゼニクスに所属していて、犯罪者を法の裁きによってではなく、ユーゼニクスの基準によって断罪しているらしいんだ。本当に、そんなことができるのか分からない。もし、行方不明者が出た案件のすべての検案を夏目医院でしていれば疑わしい。だが、実際には約三割しかしていない。その三割という数字が、果たして高いのかどうか分からない」

「……残りは、三つの大学病院が検案と解剖を行っていると言っていたな」

「ああ。そうだ」

「そうか……」

青い顔をした冬馬は、目を細める。そして、黙り込んだ。

青山が得ている情報はすべて提供しているが、そこに手掛かりが含まれているとは限らない。冬馬は誰も気付かないような盲点を発見することが得意だが、それは与えられた情報の中から探し出すものであり、その情報が使い物にならなければ、冬馬の能力を発揮することはできない。

なかなか喋り出さない。

やはり、推理するのは無理か。

そう思ったとき、電話のコール音が沈黙を打ち破った。

かなり大きな音が響き渡る。出所はスピーカーフォンで、青山のスマートフォンが光っている。ディスプレイには、秋月の名前が表示されていた。

「おい、この接続はどうやって切るんだ」

スピーカーフォンを指差しながら問う。

「そんなこと知るか。買ったばかりで、使ったこともないんだから」

「じゃあ、せめて音量の調整はできないのか」

「それも知らない」

顔をしかめた青山は、折り返そうとも考えたが、電話に出ることにする。なんとなく、気持ちがざわつく。こんな時間に、秋月が電話をかけてくることはこれまでなかった。

通話ボタンを押すと、スピーカーフォンから音が溢れ出てきた。

金属が軋むような音。電車の音だろうか。青山は口元に人差し指を立て、冬馬に向かって黙っているように伝える。

〈あの、青山さんですか〉

「そうだ。どうした」

金属音は消えていた。その代わりに、規則的な音。これは、秋月の足音だろう。

〈実は、少しだけ話したいことがありまして〉

「なんだ」

間が生まれる。そして、呼吸音ののちに、声。

〈私、実は人を殺したことがあるんです〉

「は?」

声が漏れる。青山の混乱をよそに、秋月は続ける。

〈昔話です。高校生の頃に道を歩いていたら知らない男に声をかけられ、ワンボックスカーが横に停車して、それで連れ去られて。暴行目的で攫われたんです〉

「お、おい……急にどうしたんだ」

〈聞いてください〉

秋月の鋭い声に、青山は黙る。顔は見えなかったが、気迫は伝わってきた。

不快な金属音が聞こえてくる。先ほどの、電車の車輪とレールが擦れるような音とは違って、叩くような音だった。

〈運転手を含めて、相手は三人。私は必死に抵抗しましたが、二人の男に押さえつけられて身動きをとることができませんでした。やがて車が停まって、運転手もこちらに来たんです。一人がナイフを取り出して、騒いだら殺すと脅してきました。私は必死に抵抗しました。恐怖心で心臓が潰れそうでしたが、無我夢中でした。それで、気付いたら、ナイフを奪っていて、男たち全員が血を流して倒れていたんです〉

青山は声を発することができなかった。口を挟む余地がない。

〈三人の男は、結局死にました。私は抵抗の末に三人を殺害してしまった。犯人に余罪が山ほどあったからかもしれませんが、正当防衛が認められました。そして、こうして警察官にもなることができました。でも……〉

言葉が止まる。同時に、一定のテンポで聞こえてきていた足音も止まった。

「なんで、急にそんなことを言うんだ」

動悸が激しくなって息苦しくなる。早く、なにか喋ってくれと願う。

少しの間を置いて、再び秋月の声が聞こえてくる。

〈七年前に亡くなった女児の遺体を検案したのは、夏目先生なんです。だから、本当に夏目先生がユーゼニクスだったら、涼介を断罪したのは夏目先生だということですよね〉

「……その可能性はあるが、不確定要素が多いからな。そもそも、まだ倉持刑事が犯人だと決まったわけじゃない」

〈いえ……たぶん、涼介が犯人です。私、真実を確かめに行ってきます〉

「おい、止めておけ！　一人で行くのは危険だ！」

〈……いいんです〉

ブツリという音を立てて、唐突に通話が終わった。まるで遺言ではないか。昔話をするなんて、明らかにおかしい。

一瞬呆然とした青山は、すぐに立ち上がって部屋を出ていこうとする。

「おい、どこに行く」

安楽椅子に座ったままの冬馬が、顔を向けてきていた。安楽椅子が揺れている。その表情から、相当不安定な状態にあることが読み取れた。

「夏目医院に決まってるだろ」

そう答えて部屋を出ていこうとするが、再び呼び止められた。

「変だとは思わないのか」

「なにがだ？」

はやる気持ちを抑える。

「夏目医院の最寄り駅は、たしか三鷹駅だったな」

「そうだ」

「この前、いろいろなことを話してくれただろう。君が帰ったあと、聞いた話を基に、グーグルマップで建物の位置を調べたんだ……周辺環境も含めてな。僕の記憶が正しければ、夏目医院は、線路から離れた場所にあるから、もし夏目医院に向かっているとしたら、駅を出たばかりだろうな。それだと、やはり変だ」

「だから、なにが変なんだ！」

青山は苛立ちを露にした。

冬馬は、視線を縁側の方に向ける。

「電話をかけてきたとき、金属が軋むような音が聞こえてきただろう」

「……ああ。電車の車輪が、レールと接触しているみたいな音だろう」

冬馬は頷く。

「一方から一方へと音が流れていったから、電車で間違いない。ただ、普通なら、そこで変だと思わなければならない。JR中央線の三鷹駅は、快速や特快といったものはすべて停まるんだ。通勤特快だけは停まらないが、この時間帯に通勤特快は走っていない」

「……つまり、どういうことだ」

眉間に皺を寄せた青山が訊ねる。冬馬は、一定のペースで喋り続ける。

「変な点はまだある。電話をしている間、歩いている足音はずっと途切れず、一定のままだっただろう」

青山は記憶を辿る。足音は聞こえていたが、途切れたかどうかは思い出せなかった。

「僕を信じてくれ。間違いなく彼女の歩調は一定だった。つまり、一度も立ち止まらなかった。駅から夏目医院に行くには、信号が三つある。そのすべてが青だったのかもしれないが、可能性は低い。信号無視をした可能性も低い。今は夜の十時半だ。交通量の多い幹線道路を横切る横断歩道を無視はできない」

一呼吸入れて、冬馬は続ける。

「それと、金属を叩くような音。あれは工事の音だ」

「こんな夜に、工事？」

疑問を投げかけると、冬馬は口元だけで笑う。

「建物を建てる工事ではなく、たとえば、水道管工事といったものは、夜にやる場合もある。道路を封鎖するから、交通量の少ない時間帯にする場合もある。金属を叩くような音は、おそらく、古い水道管をトラックに投げ込むときの音だろうな」

洪水のように流れてきた情報を、青山は頭の中で整理する。

「……つまり、中央線の通勤快速がこの時間に停まらない駅で、駅から目的地まで横断歩道がなく、近くで水道管の工事をしている場所に、秋月は向かったということか」

言いつつ、それはいったいどこなのだろうと考えるが、思い当たらなかった。

助けを求めるように冬馬のほうを見る。その顔が、僅かに勝ち誇っているように見えた。

昏が動く。

「これらすべての状況に合致し、なおかつ今まで教えてもらった場所の中で、該当する場所が一つだけある。桜桃医科大学だ」

「桜桃……」

冬馬は頷く。

「あそこなら、状況と合う。ちなみに、桜桃医科大学付近は大規模な水道管交換工事を実施している。インターネットにそう書いてあった」

「でも、どうして……」

「僕があの場所を疑った理由は三つ」

青山の言葉を遮った冬馬は、親指と人差し指と中指を立て、親指を折る。

「まず、行方不明者が出ている案件のうち、夏目医院が検案をしたのは三割だったな。正直、それだけでは夏目医院が人を攫っているかどうかは分からない。ただ、検案に関わったすべての人が共犯だったら、それは間違いなくクロということじゃないか」

「……共犯？」

冬馬は頷く。

「別に、強固なものでなくていい。緩やかな共犯関係というものもある」声を潜めて続ける。

「一例を出せば、ナチスの悪行に加担した人間すべてが凶悪だったわけではない。普通の人間が、虐殺《ぎゃくさつ》に加担したんだ。彼らは、それが与えられた仕事であると深く考えずに、従っていさえすれば生活の質が向上するとかいった理由で、ヒトラーの思想に手を貸したケースも多い。戦争が終わったら、戦争犯罪で罰せられなかったナチスに加担した人間はどうなったと思う？　普通の市民に戻っただけ。人間なんてそんなものだ。明確な思想を持っていなくても、流れに従って虐殺に加担するものなんだ。強固な意志で繋がった共犯関係は少数で、実は、緩やかな共犯関係こそが物事を入り組ませて、あの悲劇を生んだんだ。ユーゼニクスの思想に共感を覚え、嘘の診断結果を出すことに加担した人間がいてもおかしくはない」

青山は目を見開く。

その話を聞き、以前錦糸町で発生した殺人事件を思い出した。容疑者の二人は共犯ではなかった。しかし、互いに関知していなかったものの、結果として緩やかな共犯関係にあったことから、事件解決に手間取った。

そういえば、緩やかな共犯関係という言葉は、行方の分からない稲城検事も使っていた。

脱線した思考を、無理やり戻す。

「……それと秋月の行った場所と、なんの関係があるんだ」

冬馬は、そんなことも分からないのかといった表情を浮かべる。

「さっきの電話で、真実を確かめに行ってくると告げていたじゃないか。夏目塔子だけが犯人だったら、真実を確かめると言った秋月刑事は、夏目医院に行くはずだ。でも、そこには行っていない。

僕の好きな言葉に、シンプルなことこそが、一番真実に近いというものがある。一見して複雑に感じるような事件でも、大抵は、自分が複雑に考えて、それに固執《こしつ》しているだけだ。

結局、話は単純なんだ。行方不明の案件に関わったのは三割を占める夏目医院だけではない。残り七割の解剖医全員が強固ないし、緩やかな共犯関係にあれば、それらの案件が個人ではなく組織的なものによるという合理的根拠になる。そして、桜桃医科大学も、その組織の一部に入っている。理由は分からないが、秋月刑事にとって、真実を確かめるためにもっとも適していると考えた場所が、夏目医院ではなく桜桃医科大学だったんだろうな」

冬馬は、先を急ぐぞと呟き、人差し指を折る。

「二つ目だ。解剖医の五十嵐を夏目塔子が行う解剖に立ち会わせたと言っていたな。そして、夏目塔子が診断を偽ろうとしているようだったとも」

「いや、あれはただの主観で……」

あのときはたしかに、診断を偽ろうとしているように感じた。ただ、それは根拠のないものだ。

「主観だって、重要な手掛かりなんだ。刑事の勘というものは、経験の蓄積から算出されるものなんだ。野球選手がボールを打つときに頭の中で計算してスイングしないのと同じだよ。……ともかく、夏目塔子は診断を偽ろうとしたと仮定しよう。実際に下した診断が外傷性くも膜下出血だったから、偽るなら病死、つまり病的くも膜下出血ということになる。しかし、これら二つの違いは明らかで、長年経験を積んだ人間にはその差は一目瞭然。もし、五十嵐が共犯ではなかった場合、偽ることなど不可能だ。それでも偽ろうとしたのなら、五十嵐が共犯以外にあり得ない」

「……でも、結局は正しい診断を下した。夏目塔子が偽ろうとしたのは、俺の思い違いかもしれない」

「君が違和感を覚えた根拠が、どこかにあるはずだ」冬馬は一度言葉を切る。

「……これは想像でしかないが、夏目塔子は、どう診断したらいいのか迷っていたのかもしれない。たとえば、五十嵐が、夏目塔子の言動を妨げるような行動をしなかったか」

そういえば、診断を下そうとする塔子の言葉を途中で遮ったのは五十嵐の声だった。

青山の表情から、冬馬は心を読んだような笑みを浮かべた。

「当たりだ」

残った中指を折る。

「最後の理由だ。女児が殺された七年前というのは、まだ夏目塔子が夏目医院を継いだばかりじゃなかったか？　そして、警察の検視に協力し始めたのも、その頃だろう」

たしか、そのとおりだ。青山は頷く。

「それだったら、一人で解剖しているというよりも、それを指導する立場の人間が近くにいたという可能性が高くないか？　夏目塔子を指導する立場の人間は、誰だ。そいつが共犯かもしれない。もっと言えば、ユーゼニクスという組織に夏目塔子を引き入れた張本人かもしれない。誰だ、夏目塔子を指導する立場の人間は」

「五十嵐だ！」

声を張った青山は、駆け出していた。

5

秋月は、巨大な建物を見上げる。大きくて、白い箱。桜桃医科大学。

中に入り、地下にある教授室に向かう。廊下を進む。以前にも来たことがあるので、迷わず到着することができた。

扉をノックし、中に入る。

椅子に座っている五十嵐と視線が合った。笑みを浮かべている。

秋月は事前に五十嵐に連絡し、どうしても話したいことがあると言って待ってもらっていた。

「こんな遅くに、どうしたんですか」

いつもの優しい声。

秋月は、唾を飲み込んで口を開いた。

「五十嵐教授は、ユーゼニクスなんですか」

単刀直入に問う。後戻りをするつもりはないので、探りを入れる必要はない。

五十嵐の瞳が暗くなった。

やはり、そうだったのか。

解剖の立ち会いのとき、夏目塔子は診断を下す前に五十嵐を一瞬だけ見た。まるで、どう診断をしたらいいかを問うような視線だった。そして、夏目塔子の診断を、五十嵐が遮り、誘導した。

二人は、共犯関係にあった。真実を知るために、夏目医院に行くか、ここに来るかは迷った。そして、どうせなら昔から知っている人から真実を聞き出そうと考えたのだ。

「まぁ、そういうことですね」

秋月の決意を察したのか、五十嵐は隠し立てをしなかった。

言葉が続く。

「それで、私にどうしてほしいんですか？」

「私は……」

秋月は、考えていたことがすらすらと口から出てきた。

6

タクシーを使おうと思ったが、渋滞に巻き込まれる可能性があるので、電車に乗ることにする。

山手線を使い、新宿駅で中央線に乗り換えた。駅に停車するたびに、舌打ちをしてしまう。秋月に危機が迫っている根拠はない。そもそも、桜桃医科大学にいることすら定かではないのだ。それでも、助けに行かなければならないという勘が働き、焦りをもたらした。経験の蓄積から算出されたものかは不明だったが、ともかく、今は自分の勘を信じることにする。

武蔵境駅で降りる。走りながら、駅前の変わった形の図書館を見る。そのとき、快速電車が通過する音が背後から聞こえてきた。車輪がレールを削るような音。

先を急ぐ。

横断歩道はなかった。そして、道路で水道管の工事をしていた。煌々《こうこう》と照らされている作業灯の下で、古い水道管がトラックに投げ込まれていた。電話越しに聞いたものと同じ音だった。

ようやく確信を持つことができた。秋月は、なにかしらの疑問を抱き、五十嵐に会いに行ったのだ。

真実を求めに行ったのだ。

五分ほど走って、ようやく桜桃医科大学に辿り着く。

闇を割るようにそびえ立つ建物は、白い箱のように見える。どことなく、夏目医院に似ているような気がした。

建物の中に入る。すでに窓口は閉まっていた。人の姿もない。煌々と照らされた廊下が不気味だった。案内板を探し出す。教授の部屋があるのは、地下のようだ。

階段を下りる。案内板に書かれた名前に指を這わせながら、五十嵐の名前を探す。一番奥の部屋だった。教授室へと通じる扉が並ぶ。そのほとんどに〝不在〟というプレートが貼られていた。

一番奥の扉に辿り着く。ノックは省略した。

ドアノブを回して、中に入ると、そこに五十嵐の姿があった。

まるで、待ち構えていたかのような体勢だったが、顔には驚いた表情が浮かべられている。

「秋月がここに来ているはずです」

「……君は、どうしてここに」

「俺の質問に答えてください」

怒気を孕《はら》んだ口調。それを受けた五十嵐は、まるで動じていなかった。泰然自若《たいぜんじじゃく》という言葉が頭に浮かぶ。

「とりあえず、来てください」

五十嵐は背を向けて歩き出し、教授室の奥へと続く扉を開けて中に入った。

そこは、解剖室だった。

ステンレス製の解剖台が中央に据えられている。解剖室はどこも同じような造りだ。違いを見つけるのは難しい。ただ、この部屋は、光を当てられているかのように真っ白だった。夏目医院の解剖室に似ている。

むしろ、ほとんど同じに見える。

背中に汗が伝うのを意識しつつ、青山は口を開いた。

「……秋月は、どこにいるんですか」

「まぁ、その話題の前に、こちらの話を聞いてもらいましょう」

底知れぬ威圧感に、青山は後退りしそうになったが、寸前で堪える。

五十嵐は、小さくため息を吐いた。

「ここに飛んできたということは、すでにユーゼニクスという組織を認識しているということですね？」

「……はい」

頷きつつ、ここに秋月がいないのならば、すぐにでも出ていくべきだと思う。ただ、行き先が分からない。夏目医院なのか、ほかの場所なのか。動くに動けなかった。

「先ほどまで、秋月君と話していたんです。ここで」

五十嵐は床を指差す。

「秋月はどこだ！」

声を荒らげるが、それが届いたのかと心配になるほど、五十嵐は微動だにしなかった。

「ユーゼニクスというのは、悪を根絶するために活動しています。犯人を、生温い法の裁きではなく、こちらの基準で罰する。死をもって償ってもらう」五十嵐は朗《ほが》らかな笑みを湛える。

「ここまでは、秋月君は知っていました。しかし、償ってもらう方法は少々特殊なんですよ。過去に一度、夏目医院でも実験したことがあるのですが、どうしても設備が不十分でして。夏目医院の建物は防音性に優れていて、叫び声などは聞こえませんが、チェーンソーの音などが漏れる心配がありました。周囲は民家だ。下手《へた》なことはできません。このことは、絶対に、覚られてはならないんです」

「……いったい、なにをしたんだ」

　寒気を覚えつつ訊ねる。

「人間は、どのくらい寝ないで生きていられるか、知っていますか」

「は？」

　眉をひそめた青山をよそに、五十嵐は続ける。

「過去の研究では、四百四十九時間の不眠記録を作っています。しかし、それはあくまで人道的な実験による記録です。もちろん、死ぬ前に止められた実験であり、それは、厳密に言えば正確な数字ではありません。〝どのくらい寝ないで生きていられるか〟ではなく、〝どのくらい寝ないと死ぬのか〟という実験にしなければならないんですよ、本当は。五年前に、倉持という男が、その実験に協力してくれました。いたいけな女児を殺すような残虐《ざんぎゃく》な男ですから、断罪の対象として申し分ありません。倉持は死ぬ前、女児を殺した理由を吐きましたよ。なんと、小さな女の子を殺したいという欲求があったそうです。屑ですね。殺された女児は、単純に条件に合ったから選んだということでした。いやぁ、倉持という男は非常に用心深くて、断罪まで二年もの時間がかかってしまいましたが、首尾良く実験をすることができました。秋月君も、この話を聞いて驚いていたようですが、納得しているようにも見えました。罪のない女児を殺す人間など、この世に不要の存在なんです。そう思いませんか？　それに、なぜかあの男は当時、夏目先生を疑っていましてね。このエリアで発生している行方不明者の多さに気付いていたようです。組織の存在が明らかになるほどの証拠を持ってはいないようでしたが、結果的に、あの実験は、口封じにもなったんですよ」

「……お前がやったのか」

五十嵐は首を横に振る。

「いえ、あの実験だけは、夏目先生がやりました。だが彼女は、あまり好奇心旺盛ではないみたいですね。夏目先生は、比較的楽な殺し方しかしません。実験を伴う断罪については、私の専売ということです」

五十嵐は眩《まぶ》しそうに目を細める。

「まぁ、当然のことですが、今話したことが証拠になることはありませんし、物証もなし。なにせ、ここには毎日のように遺体が運ばれてきます。遺体が搬送されて疑う人間はいません。まして、ただ眠らされている人間か、本当の遺体かを確認する人もいません。また、バイオセーフティーレベルを上げるために様々な浄化設備が備わっているので、物証となるようなものは一切残っていません。逮捕なんて無理ですよ」

青山は、高い声で歌うように、そして満足そうに話し終えた五十嵐を睨みつけた。

五十嵐は身長も高くなく、線が細い。体格も腕力も青山が勝っている。この状態なら、相手が武器を持っていても組み伏せられるのは間違いない。

力ずくでも秋月の居場所を吐かせてやる。そう決意し、飛びかかろうとしたとき、ポケットに入れていたスマートフォンが振動した。

静かな空間に、バイブレーションの音が響く。

「電話、出ていいですよ」

余裕のある顔をした五十嵐が言う。

青山は、五十嵐から目を離さずにスマートフォンを取り出す。視界の端に、冬馬の名前が見えた。

五十嵐に、動く気配はない。大股で五歩ほど離れた距離。すでに老体だ。俊敏に動いて間合いを詰めるのは無理だろう。

通話ボタンをタップする。

「……なんだ。今取り込み中なんだが」

〈どうだ。いたか？〉

か細い声。まだ椅子に座ったままの状態なのだろうか。以前冬馬は、安楽椅子に座ったまま腰を抜かしていたこともあったので、動けなくなっているのかもしれない。

「……いたらしいが、今はもういない」

〈どういう意味だ？〉

「そのままの意味だ。これから、行き先を吐かせるつもりだ」

〈そうか〉冬馬は続ける。

〈早くしたほうがいい。といっても、その五十嵐という奴は、簡単に居場所を吐くような人間とも思えないが〉

たしかに、そのとおりだと思う。

一拍置いて、再び声が聞こえてくる。

〈あれから少し考えたんだがな。秋月刑事は電話で、真実を確かめると言っていたが、もしかしたら、それは嘘で、本当は、断罪されたがっているのかもしれない〉

「……どういうことだ」

スマートフォンを持つ手が、汗で湿る。

〈言葉どおりだよ。秋月刑事は、三人の男を殺している〉

「それは、正当防衛だろう」

〈うん。たしかに、正当防衛が認められた。ただ、殺害することが正当化されただけで、人を殺した事実は変わらない。その事実を苦痛に感じていたとしたら？〉

「でも、どうして……」

〈秋月刑事は、正当防衛ということで、法による断罪を免《まぬが》れた。ただ、秋月刑事に、罪の意識があったらどうなる。法が罪を罰しないと決定した。だが、罪の意識が重くのしかかっている状態だ。そんなときに、法とは別の尺度で罪を裁く組織が出てきた。罪を裁いてくれる組織だ。そこに縋りたいと思っても、おかしくはない〉

罪の意識に苦しんでいたのなら、あながち間違ってはいないのかもしれない。罪の重さに耐えられずに自首してくる人間もいる。正当防衛とはいえ、秋月は罪の意識に苛《さいな》まれていたのだろうか。

「ここに秋月はいない。どこに行ったか分かるか？」

〈それは、夏目医院だろうな。たとえ女性でも、どうせ断罪されるなら、老いた男よりも、若くて綺麗な人のほうがいいだろう。まぁ、これは僕の勘であり、独善的な意見だ〉

根拠には乏しいが、賭けてみようと思う。

〈それと、念のため、榎木刑事に電話をして、夏目医院に向かってもらった〉

意外な言葉。

「どうして、彼の番号を……」

榎木の番号を伝えた記憶はない。

〈スピーカーを接続するときに、ちょっとばかり着信履歴を見せてもらったんだ。いや、些細な出来心だ。お前がどういう交友関係を結んでいるのか気になってな。正確には、彼女とかがいるのかと思ったんだ。僕が一度気になったら、調べずにはいられない性格なのは知っているだろう。許してくれ。それで、そのとき目にした榎木刑事の番号を覚えてい

たんだ〉

プライバシーの侵害だと思いつつも、今はその侵害に感謝する。

通話を終えた青山は、スマートフォンを手に持ったまま、五十嵐を見据えた。

「秋月が向かった先は、夏目医院だな？」

「どうだろうな」

聞いても無駄か。

青山は、解剖室を出て、階段を上る。そして、地上に出たところで、榎木の携帯電話にかけた。

走りながら、コール音を聞く。

三度目のコール音で繋がった。

「榎木さん！　今どこにいますか！」

〈夏目医院に来ています。お友達の助言に従って〉

声が異様に暗い。そして、電話越しに、サイレンの音が聞こえてきていた。そのサイレンは、だんだんと大きくなっているようだ。

「……どうしたんですか。秋月はいたんですか」

〈いましたよ〉

そこで一度切る。その一呼吸が、とても長く感じられた。

〈ですが、一足、遅かった〉

サイレンの音が、急に大きくなった気がした。

7

青山は、見慣れた配置の部屋にいた。

中央に机。両側に椅子が一脚ずつ。入り口近くに、書記係の机。窓には格子。取調室も、解剖室と同様に、どこも似たようなものだなと思う。ただ、ここにはマジックミラーはなく、第三者が話を傍聴できる造りにはなっていない。

息を吐く。

取調室は夏暑く、冬は寒い。昔はそうだったが、今は、空調が完備されていた。ただ、使うか使わないかは取調官の裁量に任されている。

武蔵野東警察署の取調室は四階にあった。

窓の外に見えるのは、空ばかりだ。

ため息が出る。もう何度目か分からなかった。

「調子はどうだ？」

青山は声をかける。

「……良いとは言えません」

薄い笑みを浮かべた秋月は、弱々しい声で答えた。

まさか、ここで刑事と対峙するとは思わなかった。

あの日。

冬馬から電話を受けた榎木は、すぐに夏目医院に向かった。零時を回っていたが、正面玄関の鍵が開いていたので、インターホンは押さずに侵入したという。物音一つしなかったので、もしかしたら秋月は来ていないのかもしれないと思ったらしいが、奥にある解剖室に入ってその疑義は吹っ飛んだという。

白と赤が交錯《こうさく》する空間に、人が立っていた。血に濡れたナイフを持っていた。その人の目の前には、血を流している女性が横たわっていた。最初、榎木は立っているのが夏目塔子で、刺されたのが秋月だと思ったそうだが、実際は逆だった。

刺したのは秋月で、刺されて絶命したのが夏目塔子だった。

現在、秋月は殺人容疑で逮捕され、勾留中だった。

容疑者となった秋月は、今のところあまり多くを語っていないらしい。勝手を知っている捜査一課の刑事というだけあって、取り調べは上手くいっていないようだった。

視線を後ろに向ける。いつもなら会話の内容を記録する書記担当がいる机は、今は空だ。

これは、正式な取り調べではなく、こうして青山が会いに来たのは、取調官の役割を担うためでもなかった。

秋月は、青山だけに話したいことがあるから二人だけにしてほしいと要望し、警察側はそれを聞き入れた。身内だからというのもあるだろうし、状況が把握できない警察側が、青山がなにかを引き出してくれるかもしれないという期待を抱いているようでもあった。

「なにか俺に伝えたいことがあるんだろ。こっちも暇じゃないんだ。早く言ってくれ」

先ほどから、秋月はここに青山を呼んだ理由を一言も語っていなかった。

「そちらこそ、なにか私に、聞きたいことがあるんじゃないんですか」

秋月は無表情で問い返してくる。瞳の奥に、挑発するような光が宿っているのを見逃さなかった。

虚仮《こけ》にしている。そう思った青山は、口を開く。

「どうして、夏目塔子を殺した？」

その問いに失望したのか、残念そうな表情を浮かべ、そして、気を取り直すように背筋を伸ばした。

「まぁ、いいです。そのことにも答えますが、私がここに青山さんを呼んだのは、私の過去を正しく認識してほしかったからです。前回電話で話したことでは、不完全なんです。覚えていますか。私が、三人の男を殺したことを」

ワンボックスカーで拉致《らち》され、暴行されそうになった事件。考えるだけで、胸糞が悪くなる。

「……ああ。覚えている。でも正当防衛だ。そんな奴ら、死んで当然なんだ」

断罪されたがっているという冬馬の主張を思い出す。たしかに人を殺した事実は曲げようがないが、法律で正当防衛が認められた。秋月が罰せられる必要はない。

「正当防衛。青山さんは、それをどう思います？」

「どうって……」真意が分からず、青山は混乱する。

「余罪がたっぷりとある奴らだったんだろう？　それなら、同情の余地はない」

その回答に、秋月はひっそりと笑う。

「では、私自身が、三人の男を刺しているとき、正当防衛ではないと考えていたら、どう思いますか？」

「……なにを言っているんだ？」

「言葉どおりですよ。私は、しっかりとした意思で、三人の男を殺した。殺したくて殺した。だから、ナイフを奪って、無抵抗の状態になるまで刺した。その前に止めていれば、男たちは生きていたかもしれません。でも、私は許さなかった。三人が絶命するまで刺したんです。私は、殺人者なんです。私を弁護してくれた弁護士によって作られたストーリーは、暴行されそうな緊急事態時の防衛行動だということになりました。そして、無罪となり、こうして生きているんです」

言葉が出なかった。

たしかに、三人の男を殺すのは過剰であるように思える。しかし、まだ高校生だったたし、必死になったゆえの結果だったという話の筋は自然であり、同情すらする。無我夢中のうちの出来事。

それが、嘘だったということか。

「……本当なのか」

ようやく口から声がこぼれ出る。笑ってしまうくらいに弱々しいものだった。

秋月は口角を上げげた。

「夏目先生が所属しているとされるユーゼニクスは、法という甘くなりがちな尺度ではなく、ユーゼニクスの裁量によって悪人を裁くことを目的としています。法から逃れたり、法の判断では甘いとされる罪人を裁く。それって、私にぴったりじゃないですか。私は、断罪されるべき対象だったんですよ」

すらすらと言う秋月に空恐ろしさを感じる。たしかに、殺すという明確な意思があって三人の男を刺したのなら、正当防衛という結論が揺らぐ。

頭痛がしてきた青山は、顔をしかめた。

「いや、だったら、どうしてお前は夏目塔子を刺したんだ」

殺した、という言葉を避ける。夏目塔子は、ナイフで首を切られて絶命していた。

それだけではない。

夏目塔子の妹である夏目夏帆と、看護師として働いていた浅野も殺されていた。秋月は再び、三人の人間を殺したことになる。

「それが、不思議なんですよ」秋月は小首を傾げる。

「五十嵐先生に会いに行って真実を聞き出したときには、夏目先生に断罪してもらうつもりだったんです。でも、涼介を実験で殺したときのことを聞いて、考えが変わりました」

涼介——死ぬまで寝ることを許されない実験によって殺された倉持涼介。

「いくら涼介が犯罪者だとしても、実験なんかして殺すなんて非人道的です。涼介との交際は、とても順調で楽しいものだったんです。私、高校生のときに襲われてから、男の人が怖くなったんです。夜の行為も、できませんでした。だから、一生男の人とは付き合えないと思っていたんです。そんな中で、涼介は私を受け入れてくれました。夜の行為も、しなくてもいいって言ってくれたんです……。今になって考えれば、成人女性に興味がなかっただけだったんでしょうね。私は、涼介が疑われずに社会で生きていくためのお飾りだったのかもしれません。でも、それでも……私はあのとき幸せだった。だからやっぱり、夏目先生の行為は許せませんでした。もちろん、それに手を貸した夏目先生の妹や、看護師である浅野も。

人体実験……。そんなことをするのは、悪ですよね。だから、断罪されるのは夏目先生たちのほうだったんですよ」

　真っ直ぐで力のこもった視線を受けた青山は、鳥肌が立った。

　利害を無視した、純粋無垢《むく》な思想。

　秋月の考えは、潜在意識下で、ユーゼニクスの考えに迎合している。そして、秋月は秋月なりの考え方によって、断罪されるべき罪人を認識し、自ら手を下した。

「五十嵐先生は、断罪の対象じゃなかったのか？」

　青山は疑問を口にする。五十嵐の言葉を信じるなら、夏目塔子が実験をしたのは、倉持だけのようだ。そのほかにも実験は行われていたらしく、それらは五十嵐が実施していた。数でいえば、五十嵐のほうが遥かに多いだろう。

　秋月は、さっと目を細める。

「私は、付き合っていた涼介を実験で殺されたから、それを断罪しただけです。五十嵐先生の罪は、私が裁くものではないです」

　独自の基準を披露《ひろう》し、続ける。

「私の行動は悪かもしれません。でも、もっと大きな悪を断罪するための悪は、悪じゃないんです。私個人にとって、夏目先生は大きな悪です」

　悪は別の悪を遠ざける。その言葉が頭に浮かぶ。冬馬が発した言葉。

「……なんで、俺にそんなことを話す？」

不思議だった。同じ捜査一課の同僚だったが、特に親しいわけではなかった。

秋月は、視線を机の上に落とす。

「こういったことは、ほどよい距離感の他人に話したほうが良いんです。それと、このことを青山さんに話したのには理由があるんです。どうか、私がどうなるかを見守っていてください。

ナイフは、夏目医院にあったものです。事前に準備したものは一切ありません。私には殺意がなかった。三人に襲われて、必死に抵抗して、結果として三人を殺してしまったんです」

三人の男を殺し、正当防衛が認められたときと同じだったのだと繰り返す。

「あのときは高校生でしたけど、今は大人ですので、そう簡単にはいかないと思います。でも、法律を操るのは人間です。いくら法が完全無欠でも、不完全な人間が使ったら、エラーが発生します。私は、そこを突いていこうと思います。そして、もし私の行動が再び正当防衛ということになったら、青山さんも法律の無力さを味わってください。私だけが感じるのは、もったいないですから」秋月は顔を上げた。

「私、悪が許せないんです。青山さんだって、悪が憎いでしょう？　根本は同じなんです。悪が憎い。だから、悪を消すために、これからも頑張ります。正当防衛が認められても、刑事ではいられなくなるかもしれません。でも、別の形で」

そう言い、満足そうな笑みを浮かべていた。

8

夏目塔子が死んでから一週間。

その間に、夏目医院の捜査があった。夏目塔子と妹の夏帆、そしてここに勤務する浅野が被害者で、秋月が加害者。事件はあくまで、この構図が前提となって捜査が進んだ。ただ、秋月は正当防衛を主張している。

秋月が三人を殺す理由か、三人が秋月を襲う理由を探る必要があった。

夏目医院は、一階が医院エリアだったが、一部屋が書庫になっている。書庫にある本棚に並ぶ本の大半は医学書で、哲学書も少なくなかった。英語や、それ以外の言語で書かれた本も多い。しかし、今回の事件を解読する鍵になるようなものはなかった。

夏目医院は診察をしていなかったので、診察室に書類は多くなく、簡素だった。ただ、一階部分のほとんどを占める解剖室は、大学の解剖学教室にある設備と同等と思えるものだった。多少の古さはあったが、綺麗に清掃された空間だ。

二階は居住エリアで、塔子と夏帆の部屋もあった。塔子の部屋には医学書が溢れかえっており、少し雑然としている。特に変わったところはない。

高校生の夏帆の部屋には、ファッション雑誌が多く置いてあった。そして、特に目を引くものとして、ウィッグが挙げられる。いろいろな髪型や髪色のウィッグが二十個ほど保管されていた。また、大きなドレッサーには多くの化粧品が置いてあり、種類もさまざまだった。年齢相応のもの以外にも、四十代以上をターゲットにしたメーカーのものもある。ファッション雑誌も多様。まるで、さまざまな役を演じるために準備する楽屋のようだった。

また、部屋にあったノートには、人をどうやって誘えば簡単に騙されてついてくるかが何パターンも書いてあった。ただ、状況を解明する材料にはならないということで、特段注目されず、ただの妄想を書いただけということにされた。

夏目医院からは、事件の謎を解く鍵を発見することができなかった。

次に警察は、夏目医院で看護師として働いていた浅野慎吾《しんご》の周囲を調べることにした。浅野の両親は交通事故で十五年前に他界しており、浅野を育てた祖父も寝たきりの状態で施設にいた。

祖父の家の敷地を捜索すると、焼却施設があり、近くに建っているプレハブ倉庫には、ホーロー製の大きなバスタブや、苛性《かせい》ソーダも置いてあった。遺体を焼却し、骨を溶かすことのできる設備。しかし、それだけだった。夏目医院で働くことになった経緯も分からなければ、秋月との接点も見つからなかった。

秋月が主張する正当防衛を裏付ける証拠はない。そして、秋月が三人を殺す動機も見当たらず、捜査員たちは首を傾げるばかりだった。青山は、悪を裁くために秋月が三人を殺したのだと説明しようとも思ったが、結局は止めておいた。三人が悪であると裏付ける客観的証拠がなく、説明してもその意見が採用されないのは目に見えていた。

「大丈夫ですか。顔色、悪いですよ」

隣を歩く肥沼が訊ねてくる。

こめかみを揉んだ青山は、顔をしかめた。

大丈夫とは言いがたかったが、問題ないことを告げた。

大きな流れに巻き込まれ、ただ流されているような虚無感に襲われていた。

秋月と面会してから、青山はユーゼニクスや藁束の会について調べたが、まったく情報が集められなかった。捜査一課の、比較的近しい人物にそれとなく聞いてみても、怪訝な表情をされるだけだった。

武蔵野東警察署に保管されていた榎木の住所を訪問したが、もぬけの殻《から》だった。まるで、最初からそこに人がいなかったかのような印象を抱いた。行方は分からない。

「あそこです」

肥沼の声に、顔を上げる。白い外壁の、大きな家だった。

五十嵐の家は、桜桃医科大学から二十分ほど歩いた場所にあった。五十嵐は毎日、歩いて通っていたという。

事件から十日目。五十嵐の遺体が自宅で発見された。服毒自殺。遺書はなく、事件性もなし。

ただ、この目で現場を確かめたいと思った。ユーゼニクスに繋がるものが見つかるかもしれない。現場を見たいと言うと、肥沼が同行すると申し出た。

五十嵐は五年前に妻を亡くし、子供もおらず、一人暮らしをしていた。一人では大きすぎる家だ。

中に入る。少しだけ、黴のような臭いがした。

部屋の各所に、高そうな家具が配置されていた。亡くなった妻の趣味なのだろうか。少し女性っぽさのある空間だった。

男の一人暮らしとは思えない片付いた部屋を見て回る。リビングや寝室に不審な点はない。最後に、五十嵐が遺体で発見された場所である書斎に入った。

壁一面の本棚は、夏目医院の本棚を彷彿とさせる量だった。

視線を転じる。机の上にはなにも置かれておらず、書類棚も空。

妙だなと青山は思う。大学の教授室の机には、書類が堆く積まれていた。乱雑な印象すら受けた。書斎には大きな書類棚がある。それなのに、なにも入っていない。机の上にも書類は置かれておらず、パソコンすらなかった。たしか教授室にはあったはずだ。職業柄、パソコンを使うことは多いだろう。

何者かが書類をすべて破棄し、パソコンを処分した。そう思えてならなかった。

「警察がパソコンを持ち帰ったりしましたか」

「いえ、そんな話は聞きませんでしたよ」

肥沼は、つまらなそうに答える。

当然だ。五十嵐は自殺したのであって、他殺ではないので、警察がパソコンの中身を調べる必要はない。

他殺。ユーゼニクス。口封じ。それらの言葉が、頭をぐるぐると回る。

「五十嵐先生は、ここに倒れていました」

肥沼が床を指差す。部屋のほぼ中央だった。

青山は床を見つめつつ、口を開く。

「五十嵐先生は、本当に自殺だったんですか」

「……どうして、そんなことを聞くんですか」

肥沼は怪訝な表情で聞き返してくる。

答えに窮する。ユーゼニクスによって口封じをされた。そう話しても、信じてもらえないだろうし、そもそも、ユーゼニクスという組織が存在しているということを信じてもらえないだろう。

「いえ、気にしないでください」

そう言った青山は、周囲を見回す。なにもない。何者かによる片付けが終わったような空間。考えすぎだろうか。

「満足しましたか」

そう言った肥沼は、もう出ましょうと告げて部屋を出ようとする。

後に続こうと一歩足を前に出したとき、ドアの前で肥沼が立ち止まった。

「一つ、忠告させてください」背中を向けながら、続ける。

「この件、あまり深入りすべきじゃないと思いますよ。五十嵐先生もよく言っていました。〝卑シイ体デ試スベシ〟って。でも、ちょっと、やりすぎだったみたいですね。なんてね」

振り返ることなく、肥沼は部屋を出ていってしまう。

背筋がぞくりとする。

やはり、大きな流れに呑み込まれているような気がしてならなかった。


翌日。

うとうとしていた青山は目を擦りながら、電車を降りた。寝不足だった。睡眠よりも、思考することを強要されていた。まるで、ずっと頭の中のライトがオンの状態だった。

面会可能時間は十五時から。それに合わせて病院に向かう。

目的の病室は、七階にあった。個室。窓の外を見る。見晴らしが良い。

「死人みたいな顔をして病院に来るな。縁起でもない」

ベッドに横になった稲城が、睨《ね》めつけながら言う。

失踪していた稲城は生きていた。

夏目医院の二階の一部屋に監禁されていたのだ。その間ほとんど飲まず食わずの状態で、脱水症状を起こしていたが、命に別状はないようだった。手首の傷は、かなり深いものだったが、これは稲城自身がつけたものらしい。拘束具を外そうと力を込めたときに負った傷。医師の話では、傷は骨まで達していたらしい。

「用件はなんだ。早く退院するために、できるだけ睡眠を取っておきたいんだ」

ベッドを背もたれにして上半身を起こしていた稲城は、迷惑そうに言う。

青山としても無駄話をしに来たわけではない。本題に入る。

「夏目塔子と、妹の夏帆、そして、浅野という看護師が殺されました」

「知っている」

「五十嵐先生も自殺した……ということになっています」

「それで？」

「ユーゼニクスについて、調べようと思っています」

「止めておけ」

感情を排した瞳を向けてくる。そして、ため息。

「どう考えても、お前ごときの手に負える相手じゃない。お前なんか、組織の存在を明らかにする証拠にすら辿り着くことができない」

「ですが、公安も動いているようですし」

青山は、消えた榎木のことを考える。最初からいなかったように思えるほど、アパートの部屋は綺麗に片付けられていた。大家に提出していた書類はでたらめだった。

「公安は動いていない。そんな事実はない」

「でも、榎木さんは……」

言葉を止める。榎木とは、いったい何者なのだろうか。警察のデータベースには、公安であるという記録はなかった。公安は、特殊な任務を任される際、データベースから経歴を削除されることがある。榎木もその類なのかと当初は思ったが、今は自信がなかった。

「馬鹿が」吐き捨てるように言った稲城は続ける。

「お前は騙されたんだよ」

「……騙された？」

「そうだ。榎木という刑事は、おそらくユーゼニクスの人間だ。ユーゼニクスは、それほど強固な組織じゃない。我々は秩序を保つために行動するのに対して、奴らの原動力は怒りだ。怒りは統制しにくいし、怒りが原動力となり、屋台骨となっている組織には異端者が出やすい。ユーゼニクス内部で軋轢《あつれき》があってもおかしくないし、あのエリアで行われていた実験が真実だとしたら、夏目塔子や五十嵐は異端者の立場にあったはずだ。

　俺が生かされていたのも、どうやら交渉材料としてだったみたいだ。自分たちの安全を保障してほしいがために、俺を攫って藁束の会と交渉しようとした。……そんなことをしても無意味なのにな」

　稲城は咳払いをして、鬱陶しそうに前髪を手で払う。

「榎木についての情報は入ってきていないが、要するに、五十嵐たちは異端者であり、榎木は、それを潰す役割だったのかもしれない。まぁ、想像でしかないがな」

　榎木が、五十嵐たちを潰す役割を担っていた。的外れにも思えるし、腑に落ちる部分もあった。

「無駄話がすぎた。睡眠を取るから、出ていってくれ。最後に助言だ。生きていたければ、これらの組織のことは絶対に探るな。そして、話すな。お前は気付いていないかもしれないが、崖の縁《ふち》に立たされているんだぞ。すべて、忘れろ。普通の生活に戻れ」

　ベッドを倒して横になった稲城は、目をつぶって沈黙した。

「まぁ、お前には話してしまったけどな……」

稲城の助言を頭の中で反芻しながら、青山は苦笑いをしつつ、目の前に寝転ぶ冬馬を見る。怠惰《たいだ》の権化《ごんげ》。

「災難だったな」

同情の一切こもっていない言葉を投げかけた冬馬は、大きな欠伸をした。

9

冬馬の家の居間で、青山は胡坐をかいていた。稲城に会ったあと、その足でここに来ていた。

「なんか、話が現実離れしていて……」

戦後の日本の治安を維持するための組織。そんなものが暗躍しているなど、すぐには信じられなかった。

「そうか？　ユーゼニクスや藁束の会があると言われれば、そうなんだろうなと思うけどな」冬馬は指で鼻梁を掻きながら続ける。

「ただ、正直なところ、どうでもいい。僕は罪を犯さないからユーゼニクスの餌食《えじき》になることはないし、外に出ないから、藁束の会の供物《くもつ》になることもない」

口を開いた青山は、声を発することなく閉じる。

冬馬の言うとおりなのだろう。普通に生きていれば、彼らと遭遇する可能性は限りなく低い。ただ、絶対にないとは言い切れない。犯罪被害者になったり、加害者になることだってあるのと同じだ。

唐突に、それはやってくる。

「まぁ、安全でいたければ、家から出ないことだ」

そう結論付けた冬馬は、話題を秋月のことに移す。

「やっぱり刑事の中にも、悪い奴はいるんだな。いつも、正義面《づら》しているくせにな。たとえ正義を貫くためだとしても、人殺しは良くないだろう」

つまらなそうに冬馬は呟く。

青山は、歯を食いしばり、反論を飲み込んだ。冬馬の言うとおりだったが、完全に同意してはいなかった。警察官だって人間だ。聖人君子ではない。コントロールできないような怒りを感じて、犯人に殺意を覚えるときも多々ある。

秋月の行動は、褒められたものではない。ただ、秋月なりの正義があり、過去にそれを許容した司法があり、そして今回の事件が起きた。

秋月は悪だ。ただ、完璧な悪だと断ずることはできない。

「……秋月は、自分の正義を貫いただけだ。行動は悪だ。ただ、秋月が悪い奴かどうか、俺には分からない」

素直な心情だった。

秋月のことを、悪と言い切ることはどうしてもできなかった。

「……まぁ、一理ある」

冬馬は眼球だけを動かして青山を見た。

「そもそも、法は絶対かもしれないが、法を扱う人間は絶対じゃない。法の基準ってのは、測り方で変わってしまうものだ。これで絶対間違いないというものはない。世の中に〝絶対〟というものは存在しない。この意見すら、絶対じゃないかもしれないがな」

——世の中に〝絶対〟というものは存在しない。

冬馬の声を聞きながら、頭の中でその言葉を反芻する。

世の中に〝絶対〟というものは存在しない。

絶対の悪は存在しない。

そして、絶対の正義も存在しない。

解説

朝宮運河《あさみやうんが》
（書評家）

五年前、東京都武蔵野市で起こった女性会社員殺人事件。その捜査のさなか、警視庁捜査一課の刑事・倉持涼介《くらもちりようすけ》が忽然と姿を消した。現職の刑事が消えるという異例の出来事に、警視庁は多くの人員を割いて捜索にあたるが、倉持の足取りはいまだに摑めない。彼は自分の意思で姿を消したのか、それとも何者かに連れ去られたのか。

手がかりは潰《つい》えたかと思われたが、警視庁に突然電話がかかってきた。くぐもった男の声は、倉持は殺された可能性がある、と告げていた。このミステリアスな事件が、陽炎《かげろう》のように揺らめき、警察官たちを奇怪な事件へと誘っていく。

本書『断罪　悪は夏の底に』は実力派エンターテインメント作家・石川智健が二〇二〇年に発表した長編の文庫版だ。著者が得意とする現代ミステリーであり、リアルな手触りの警察小説であり、どす黒いサスペンスでもあるが、巧緻《こうち》に組み立てられたストーリーの根底には「悪とは何か」という哲学的なテーマが横たわっており、それが物語に熱量を与えている。

悪とは何か。

辞書的に答えることは簡単だ。正しくないこと、法律や道徳に反することである。それでは正しいとは何なのか。法律や道徳が間違えることはないのか。突き詰めて考えると分からなくなる。そうした私たちが普段見て見ぬふりをしている問いに、否応なく向き合わせるのがこの作品なのだ。

物語は四つの短編からなる連作スタイルで、それぞれ異なる事件が扱われている。それらが繫がってひとつの長編を形作っているのだが、そのリンクの仕方がユニークで、一筋縄ではいかない。この作品構造そのものに、悪とは何かというテーマの複雑さが表れているようにも感じられる。

以下、各話で扱われている事件を紹介しながら、いくつもある作品の読みどころをピックアップしてみよう。

第一章「割り屋」で描かれるのは、東京都墨田区錦糸町の住宅で発生した殺人事件。その家に暮らす戸塚祐介《とつかゆうすけ》が、ハンマーで頭部を殴られ死亡しているのが見つかったのだ。防犯カメラの映像から、当日現場を訪れていたのは森田《もりた》と川岸《かわぎし》という二人の知人ということが判明する。競馬のノミ行為の客だった森田、多額の借金をしていた川岸。どちらもそれなりに動機がありそうだが、決定的な証拠がない。

事件を担当する検事・稲城勇人《いなぎはやと》は、強硬な川岸犯人説をとり、警視庁捜査一課の刑事・青山陽介《あおやまようすけ》らに証拠集めをさせていた。釈然としない思いを抱えながら捜査を進める青山。捜査から浮かんできたのは金に汚い一方、異性関係の浮いた話がまったくない戸塚の人生だった。

そんな中、川岸が逮捕されたとの報せが飛び込んでくる。焦った青山が向かったのは高校・大学時代の同窓生で、たびたび事件解決に手を貸してくれている小鳥冬馬《ことりとうま》の住む家だった。青山は稲城の見立てを覆すことができるのか。

事件解決を最優先するエリート検事と、現場密着型の中堅刑事。対照的な二人が事件の解釈を巡って対立するこの短編は、多くの人が見過ごしてしまう事件のポイントを、探偵役の冬馬が指摘することによって解決をみる。短編ミステリーのお手本ともいえる作品だが、ここにはすでに物語のテーマが表れていた。

自白のプロ＝割り屋の異名を持つ稲城は、担当した事件を百パーセント有罪に持ち込むという敏腕だ。一方の青山は「絶対的な悪は存在しない。同様に、絶対的な正義もない」ということを実感している。これはおそらく彼が刑事として見聞きしてきた社会の複雑さ、人間の多様さに由来するものの見方なのだろう。この二人の生き方の違いが、悪とは何かというテーマと響き合い、物語全体を覆っていくのだ。

第二章「夏の底」で語り手を務めるのは、五年前に失踪した刑事倉持の恋人で、同じく警視庁捜査一課に勤める秋月紗香《あきづきさやか》だ。失踪事件の手がかりを求め、武蔵野東警察署にやってきた秋月は、同署のベテラン刑事・榎木元貞《えのきもとさだ》の力を借りながら、当時の資料を洗い直していた。

そんな折、アパートの一室で十七歳の少女・高宮千佳《たかみやちか》が死体となって発見される。父親のネグレクトを受け、非行に走っていた千佳は、中学時代から飲酒癖があり、死因も急性アルコール中毒による事故死と判断された。しかしやがて父親が千佳に生命保険を掛けていたことが判明する。

検視を担当した医師・夏目塔子《なつめとうこ》の言動に不審な点があることに気づいた秋月は、大学医学部の名誉教授・五十嵐啓志《いがらしひろし》のもとを訪ねるが、五十嵐は「彼女は、絶対にしくじらない」と太鼓判を押すのだった。秋月の疑いは当たっているのか、それとも杞憂に過ぎないのか。

この物語の読みどころのひとつに、キャラクターの魅力がある。実直で正義感の強い青山、失踪した恋人を思い続ける秋月という二人のメインキャラクターはもちろんだが、何といっても印象的なのが、男のような口調で話す美貌の医師・夏目塔子だろう。祖父の代からの医院を守り、採算度外視で警察に協力しているという彼女は、物語に一種不穏なムードをもたらしている。飄々《ひょうひょう》としたベテラン刑事・榎木元貞も、この作品にはなくてはならないバイプレイヤーである。

もし実写化されるなら誰がどの役を演じるだろうと想像するのも楽しいが、単にキャラ立ちしているだけではなく、それぞれ陰影に富んだ人物造型がなされていることに注目したい。かれらは職業人であると同時にひとりの生きた人間であり、状況によって心のありようが変化していく。そのことが物語に緊張感と奥行きを生み出している。

第三章「尊厳と価値」では再び青山が語り手を務める。このところ行方不明者が相次いでいる武蔵野エリアの様子を探るため、ある人物の密命を受け警視庁から派遣されてきた青山。彼は行きがかり上、病院の五階から入院患者が転落して死亡するという事件の捜査に立ち会うことになる。落ちた男は上原隆也《うえはらたかや》、三十歳。検視を担当した塔子は自殺だと判断するが、青山の相談を受けた冬馬の見立ては正反対だった。この事件と相前後して、いよいよ物語全体の恐るべき構図が浮かんでくる。

この小説の面白さのひとつは、全体図がなかなか見通せない構成にある。濃い霧に覆われたような物語の中を、読者は手探りで前に進む。随所に挿入された断片的なシーン、たとえばある人物が誘拐されるシーンや、おぞましい人体実験のシーンは何を意味するのか。事件の全貌がじわじわと明らかになると同時に浮かび上がる、他人を断罪したいという歪んだ欲望。それは正義なのか、悪なのか。大きな疑問を突きつけたまま、物語は最終章の「真実。その先」へと流れこんでいく。

怒濤のクライマックスであり全体の解決編にあたる「真実。その先」では、五年前の倉持失踪事件の真相が明かされるとともに、登場人物の隠された一面が露《あら》わになる。濃霧の向こうから浮かび上がった、一連の事件の素顔のなんとおぞましいことか。さまざまな人の心に取り憑いた悪が、凶悪な犯罪を招き寄せる戦慄のドラマに、誰しもぞっとさせられるはずだ。

作者は本作の単行本刊行時、「悪は別の悪を遠ざける」と題したエッセイを執筆している（「小説宝石」二〇二〇年八・九月合併号）。その文章で『断罪　悪は夏の底に』には、悪人がたくさん登場する」と述べていた。確かにその通りなのだが、恐ろしいことにこの作品に登場する悪人たちの多くは、自分を悪人だとは思っていない。むしろ社会から悪を駆逐する側だと信じており、その正義感ゆえにたやすく法律や道徳を乗り越えてしまう。

この小説の一番の怖さはおそらくここにある。暴走した正義感が他者を傷つけるさまを、私たちはこれまで何度も目にしてきたし、特異な思想に凝り固まったグループが実在することも、いやというほど知ってしまった。この小説で描かれている悪と断罪の物語は、もはや決して絵空事ではないのだ。

この小説において作者は、悪をとことんまで直視することで、人間とは何かという根源的な問いに迫ってみせた。その読後感はヘビーであり、苦くもある。だからこそ人間の複雑さに触れ、地に足の付いた生き方をしている青山や、他人が見過ごしがちな小さいことにこだわり続ける冬馬の存在にほっとさせられる。

「絶対的な悪は存在しない。同様に、絶対的な正義もない」。冒頭と結末に置かれたこのフレーズは、悪に取り憑かれずに生きるためのひとつの指針だろう。しかしこのことを見失った時、人はある登場人物のようにたやすく闇落ちしてしまう。そのことが恐ろしい。

作者についても簡単に紹介しておくと、石川智健は一九八五年生まれ。二〇一一年に長編ミステリー『グレイメン』（枻《えい》出版社）でゴールデン・エレファント賞第二回大賞を受賞してデビューした。同賞は日・米・中・韓の出版社が共同開催する国際的な文学賞で、『グレイメン』も日本を含む三か国で刊行されている。現代を見据えたシリアスな視点と、エンターテインメント指向を併せ持った実力派であり、作風は多彩だが、『断罪　悪は夏の底に』を気に入った読者なら青山&冬馬コンビが初登場を果たした『小鳥冬馬の心像』（光文社文庫）や、司法の闇取引を扱ったシリアスなミステリーの力作『闇の余白』（光文社）が特に楽しめるだろう。

現時点（二〇二三年一月）における最新作『ゾンビ3.0』（講談社）が日韓同時刊行されるなど、国際的に注目度の高い石川智健だが、もっと評価されるべき書き手の一人だと思う。

社会派的な視点とエンターテインメント性が絶妙なバランスで共存した『断罪　悪は夏の底に』の文庫化が、さらなるブレイクのきっかけとなることを祈ってやまない。

参考資料

『人体実験の哲学』グレゴワール・シャマユー著（明石書店）
『事例に学ぶ法医学・医事法［第3版］』吉田謙一著（有斐閣）
『死体検死医』上野正彦著（角川書店）
『死体は語る』上野正彦著（文藝春秋）
『裏切られた死体』上野正彦著（朝日新聞出版）
『自殺の9割は他殺である』上野正彦著（カンゼン）
『検死ハンドブック』高津光洋著（南山堂）
『検死秘録』支倉逸人著（光文社）
『法医学者、死体と語る』岩瀬博太郎著（WAVE出版）
『変死体・殺人捜査』三澤章吾著（日本文芸社）
『歴史を変えた!?　奇想天外な科学実験ファイル』アレックス・バーザ著（エクスナレッジ）
『人の殺され方』ホミサイド・ラボ著（データハウス）
『魂の重さの量り方』レン・フィッシャー著（新潮社）
この他、多くの書籍、雑誌、新聞記事、ウェブサイトなどを参考にさせていただいております。
参考資料の主旨と本作はまったく別のものです。

二〇二〇年七月　光文社刊

初出●「小説宝石」
二〇一八年一月号「割り屋」
二〇一九年三月号「夏の底」
二〇一九年十二月号「尊厳と価値」
「真実。その先」（書下ろし）

光文社文庫

断《だん》罪《ざい》 悪《あく》は夏《なつ》の底《そこ》に

著 者 石《いし》川《かわ》智《とも》健《たけ》

2023年1月20日 初版1刷発行

発行者 三宅貴久
印 刷 萩原印刷
製 本 榎本製本

発行所 株式会社 光 文 社
〒112-8011 東京都文京区音羽1-16-6
電話 (03)5395-8149 編 集 部
8116 書籍販売部
8125 業 務 部

ISBN978-4-334-79485-9 Printed in Japan

組版 萩原印刷

光文社文庫最新刊

ブラックウェルに憧れて　四人の女性医師	南　杏子
テレビドラマよ永遠に　女子大生桜川《さくらがわ》東子《はるこ》の推理	鯨　統一郎
第四の暴力	深水《ふかみ》黎一郎《れいいちろう》
みどり町の怪人	彩坂美月
ちびねこ亭の思い出ごはん　からす猫とホットチョコレート	高橋由太
断罪　悪は夏の底に	石川智健

光文社文庫最新刊

毒蜜　裏始末　決定版	南　英男
ずっと喪	洛田二十日
未決　決定版　吉原裏同心(19)	佐伯泰英
髪結　決定版　吉原裏同心(20)	佐伯泰英
ふたり道　父子十手捕物日記	鈴木英治
獄門《ごくもん》待ち　隠密船頭(十)	稲葉　稔